Cette escalade dans le noir s'est faite sans le soutien de saillies artificielles et d'une corde de rappel. Il n'était pas facile de trouver une prise ferme dans la paroi de terre rugueuse, mais je ne pouvais pas abandonner.

Allongeant les bras le plus loin possible, j'ai exploré la paroi en quête d'un truc solide auquel m'agripper. La terre s'effritait. Mes doigts glissaient. J'ai fait une nouvelle tentative, empoignant une protubérance rocheuse, me servant de ma force pour me hisser, attrapant une racine pendante, jusqu'à ce que mon crâne heurte une surface dure.

J'étais arrivée en haut.

Mais un obstacle lourd bloquait la sortie. En palpant l'objet rugueux, dur, j'ai compris qu'il s'agissait d'une dalle de béton qui, tel un bouchon de liège, me retenait prisonnière dans la terre. Comment cette dalle avait-elle abouti là? Une lourde dalle n'apparaît pas comme ça.

Quelqu'un avait muré l'ouverture.

M'avait piégée à l'intérieur. Sciemment.

Ne manquez pas les 2 premiers tomes de la série :
Régénération
La quête

RÉGÉNÉRATION
LA VÉRITÉ

TOME 3

RÉGÉNÉRATION
Plus qu'humain. Au-delà de la science. Intolérable.

LA VÉRITÉ

LINDA JOY SINGLETON

Traduit de l'anglais par
Janine Renaud

Copyright © 2000 Linda Joy Singleton
Titre original anglais : Regeneration : The Truth
Copyright © 2012 Éditions AdA Inc. pour la traduction française
Cette publication est publiée en accord avec Herman Agency, New York.

Éditeur : François Doucet
Traduction : Janine Renaud
Révision linguistique : Féminin pluriel
Correction d'épreuves : Nancy Coulombe, Carine Paradis
Conception de la couverture : Paulo Salguiero
Photo de la couverture : © Thinkstock
Mise en pages : Paulo Salguiero
ISBN papier 978-2-89667-748-1
ISBN PDF numérique 978-2-89683-764-9
ISBN ePub 978-2-89683-765-6
Première impression : 2012
Dépôt légal : 2012
Bibliothèque et Archives nationales du Québec
Bibliothèque Nationale du Canada

Éditions AdA Inc.
1385, boul. Lionel-Boulet
Varennes, Québec, Canada, J3X 1P7
Téléphone : 450-929-0296
Télécopieur : 450-929-0220
www.ada-inc.com
info@ada-inc.com

Diffusion
Canada :   Éditions AdA Inc.
France :   D.G. Diffusion
                Z.I. des Bogues
                31750 Escalquens — France
                Téléphone : 05.61.00.09.99
Suisse :   Transat — 23.42.77.40
Belgique :   D.G. Diffusion — 05.61.00.09.99

Imprimé au Canada

Participation de la SODEC.   SODEC

Nous reconnaissons l'aide financière du gouvernement du Canada par l'entremise du Fonds du livre du Canada (FLC) pour nos activités d'édition.
Gouvernement du Québec — Programme de crédit d'impôt pour l'édition de livres — Gestion SODEC

Singleton, Linda Joy

La vérité

        (Régénération ; 3)
        Traduction de: The truth.
        Pour les jeunes de 12 ans et plus.
        ISBN 978-2-89667-748-1
        I. Renaud, Janine. II. Titre.

PZ23.S555Ve 2012   j813'.54   C2012-941978-8

REMERCIEMENTS

Merci aux membres aussi sympathiques que précieux de mon forum de critiques en ligne, les Dreamers.

Melody DeLeons
Gail Martini-Peterson
Miriam Hees
Jan LaBrenz
Kathy Rappaho
Robin Clifton
Jennifer Reed
Dona Vaughn
Shirley Harazin
Judy Gregerson

~~Chère donneuse d'ADN~~
~~À ma mère anonyme,~~
~~Salut, maman biologique !~~
~~Chère Mlle Cressida Ray, mannequin de~~
~~renommée internationale,~~
~~Mlle Ray,~~

Chère Cressida,

~~Vous ne me connaissez pas, mais moi, je vous~~
~~connais. Je suis votre clone. Est-ce que cela fait~~
~~de moi votre fille, votre sœur, votre jumelle ou un~~
~~autre VOUS-MÊME ?~~

Vous ne me connaissez pas, mais je viens de
découvrir votre existence.

~~Je n'arrive pas à croire que vous êtes manne-~~
~~quin car, bien que nous ayons le même ADN, je~~
~~DÉTESTERAIS en être un. Ce n'est pas un mau-~~
~~vais boulot, mais c'est assommant. Cela doit~~
~~être pénible de rester assise sans bouger pendant~~
~~des heures. N'empêche que c'est génial que vous~~
~~soyez célèbre et que vous ayez réussi dans la vie.~~
~~J'aimerais bien faire votre connaissance.~~

J'aimerais faire votre connaissance.

J'ai tant de questions à vous poser, par exemple aimez-vous les sandwichs au beurre d'arachides et aux cornichons ? Les films d'amour vous font-ils pleurer ? Préféreriez-vous avoir des cheveux naturellement bouclés à la place de vos cheveux raides ? Et le petit orteil de votre pied droit est-il de travers comme le mien ? Je parie que nous avons BEAUCOUP de choses en commun.

Je parie que nous avons beaucoup de choses en commun.

J'ai vu votre photo dans un vieux magazine, mais je ne veux pas dire par là que vous êtes vieille. Encore que vous devez bien avoir quarante ans au moins, n'est-ce pas ? En tout cas, lorsque j'ai vu votre photo, j'ai compris que c'était VOUS, mon clone. C'est que, voyez-vous, je suis venue au monde il y a quinze ans à la suite d'une étrange expérience, mais je ne l'ai appris que l'automne dernier. Et quand j'ai vu votre photo dans ce magazine, et que je me suis rendu compte que nous étions en tous points identiques, j'ai compris que mon ADN venait de vous.

Ci-joint une photo de moi.

Sincèrement,

Allison Lynn Beaumont

CHAPITRE 1

— Des clous, s'il vous plaît! ai-je crié après n'avoir trouvé, en fouillant dans les poches de ma salopette, que quelques vis, une vieille boule de gomme toute mâchouillée et des graines de tournesol.

Autour de moi, le chantier de construction retentissait des cris des bénévoles et des ouvriers travaillant de concert. Les marteaux frappaient, les pelles claquaient avec un son métallique, les machines émettaient le grondement soutenu propre à la machinerie lourde. C'était le samedi, un jour que la plupart des gens consacraient à se détendre ou à aller au cinéma, mais pas nous. Nous construisions une maison pour une famille dans le besoin.

— À l'aide par ici!

J'étais debout, dans une position inconfortable, soutenant d'une main le lourd linteau de dix centimètres sur vingt centimètres surmontant une porte et cherchant un clou de l'autre. J'ai regardé autour, clignant des paupières sous l'éclatant soleil de mars.

— Hé, quelqu'un ! J'ai besoin d'un clou !

Avec ma veine, le « quelqu'un » en question s'est révélé être Dustin Stratton-Butterfield ou, comme je l'avais surnommé, Dusty Stiff-Bottom[1]. Certaines filles du collège se pâmaient devant lui et le trouvaient beau gosse, mais pour ma part, sa jolie frimousse ne m'impressionnait pas. À mon avis, c'était un vrai casse-pieds. Et, depuis quelque temps, il *me* tournait autour.

— Allison, as-tu dit que tu avais besoin d'un *chou* ? a lancé Dustin avec un sourire éclatant, haussant exagérément les sourcils. J'arrive.

— Pas d'un *chou*. D'un *clou*.

J'ai serré les dents, m'efforçant de rester calme. J'avais rencontré mon lot de types arrogants dans le genre de Dustin. Comme j'avais grandi parmi des politiciens fortunés, mon enfance avait été peuplée de crétins suffisants et ambitieux. Et comble de malchance, comme un chien attire les puces, j'attirais des mecs comme

---

1 N.d.T. : Jeu de mots intraduisible signifiant en français « pète-sec poussiéreux ».

Dustin, dont le cerveau avait la taille de celui d'une puce.

— Oh, un *clou* ! a-t-il gloussé en plongeant la main dans son ceinturon de cuir et en me tendant un clou. Pourquoi ne l'as-tu pas dit ? Tiens.

Furieuse, je lui ai arraché le clou puis, après avoir délogé mon marteau d'une boucle de mon ceinturon, je l'ai planté d'un coup sec. J'ai vu en imagination le visage de Dustin sur la tête du clou et j'ai frappé si fort que la poutre a craqué et s'est fendue en deux. Oups ! J'avais oublié à quel point j'étais forte !

— Comment as-tu fait ça ? s'est écrié Dustin, la mâchoire pendante. C'est incroyable !

— La poutre devait avoir un défaut, ai-je répondu évasivement.

Dustin était la dernière personne à qui j'aurais révélé mon secret.

— Ce devait être *tout* un défaut. Elle s'est ouverte comme une brindille.

— C'est juste un accident bizarre.

J'ai lancé un coup d'œil vers l'endroit où un groupe de bénévoles jetait de la terre dans une brouette.

— Euh, retourne à la brouette. Je vais aller chercher une nouvelle poutre.

— Euh…

Il a écarté une mèche de ses longs cheveux brun foncé de ses yeux bleus.

— Ouais, je pense qu'il est préférable que j'y retourne… mais je n'arrive tout de même pas à croire…

À court de mots, il a secoué la tête. Il m'a coulé encore un regard méfiant, puis est allé rejoindre l'équipe s'affairant autour de la brouette.

— Je l'ai échappé belle, ai-je marmonné en poussant un soupir.

Honteuse, j'ai ensuite examiné la poutre fendue. J'avais failli commettre une grave erreur. Mes amis Varina et Eric m'avaient pourtant bien recommandé de dissimuler ma force hors du commun, mais ce n'était pas toujours facile.

J'étais du genre à toujours dire ce que je pensais et à agir sous le coup de l'impulsion. Garder un secret n'était pas dans mon ADN. Mais, en fait, mon ADN constituait la raison pour laquelle je devais me montrer secrète.

Enfin quoi, combien d'adolescentes de quinze ans sont des clones?

Ce n'est pas le genre de trucs qu'on clame à tous les vents. Quelle serait la réaction des gens, si je leur annonçais «Hé, devinez quoi! Je ne suis pas née d'un père et d'une mère, ni à l'hôpital. J'ai été créée sur un yacht, dans une éprouvette, dans le cadre d'une expérience secrète. Et depuis mon treizième anniversaire, j'ai acquis une force stupéfiante. Je pourrais soulever cet édifice en entier si je le souhaitais. »

Imaginant la stupéfaction des gens, sans compter celle de mes parents, devant une telle révélation, j'ai souri. Puis, je suis allée chercher une nouvelle poutre, j'ai trouvé une boîte de clous et j'ai recommencé à cogner du marteau.

Je n'en revenais toujours pas de constater à quel point ma vie avait changé depuis qu'on m'avait appris à être un clone. Je ne demeurais plus à la Résidence du Pacifique pour jeunes filles, que j'avais surnommée la « Prison pour petites princesses ». C'était avec la plus grande joie que j'étais allée habiter avec ma nouvelle « famille de clones » : Varina Fergus, son oncle le professeur Jim Fergus et Eric Prince. Varina et Eric avaient également été clonés en secret, tout comme moi, et le professeur Fergus était l'un des scientifiques nous ayant créés.

Pour couper court aux questions, le professeur Fergus avait officiellement fondé un « Collège privé pour élèves surdoués ». Mais c'était un collège que de nom ; une façade nous permettant de cohabiter sans susciter des questions indiscrètes. Varina, Eric et moi en étions les seuls élèves, mais j'avais bon espoir que les

deux autres clones, Chase et Sandee, se join-
draient bientôt à nous.

Aller habiter chez les Fergus ne s'était pas
fait sans heurts. Dans un premier temps, mes
parents n'avaient guère apprécié l'idée. Mais ils
s'étaient inclinés lorsque je les avais menacés de
révéler à la presse que M. Beaumont, membre
du congrès des États-Unis, avait adopté sa fille
par des voies illégales. Ils ne savaient rien de
mon origine génétique, mais n'ignoraient pas
que le fait d'avoir une fille rebelle risquait fort
de ruiner leur avenir politique.

Évidemment, je n'aurais sans doute rien
raconté aux journalistes. Et au lieu de me sentir
victorieuse, j'avais eu l'impression d'être abandonnée. Mon départ avait semblé soulager mon
père, quant à ma mère, elle était si prise par
ses œuvres de charité que j'étais le cadet de
ses soucis. Elle avait déjà déclaré à l'une de ses
amies qu'elle tenait à moi plus qu'à «sa propre
vie», mais le fait est qu'elle ne n'*aimait* même
pas.

Cela me faisait parfois de la peine, comme
lorsque ma mère se vantait au cours d'une
entrevue que j'étais une étudiante exemplaire
qui aimait faire campagne pour son père et qui
aspirait à se lancer en politique comme lui. Des
mensonges. J'arrivais à peine à me maintenir

dans la moyenne et détestais la politique. Mais je n'avais jamais réussi à combler les attentes de mes parents. Aussi, il y avait quelques années de cela, j'avais cessé de m'y efforcer.

Ce n'était pas que je m'apitoyais sur mon sort. Pas le moins du monde ! Si, chez moi, la famille n'existait pas, je m'en étais fait une avec des amis tels que Varina et Eric. Et, après le lycée, je poursuivrais mon rêve et deviendrais apprentie charpentière.

Tenant à bout de bras la nouvelle poutre, j'ai solidement enfoncé le dernier clou dans le bois. Terminé ! À quoi allais-je m'attaquer ensuite ?

Un tintement métallique m'a fait tourner la tête vers une fille élancée, au teint chocolaté et aux tresses noires ornées de perles de couleur.

Starr Montgomery a essuyé la crasse de sa joue tout en jetant une pelletée de terre dans une brouette. Starr était la meilleure amie de Varina et j'avais fait sa connaissance le jour de mon arrivée au lycée Seymore High. Cela avait été toute une surprise de voir la très *cool* et la très populaire Starr se salir sur un chantier de construction. Une surprise *agréable*.

Starr a levé les yeux et m'a saluée de la main.

— Salut, Allison !

— Comment ça va ? ai-je demandé en marchant vers elle.

— Pas mal. Mais j'ai besoin de faire une pause, a-t-elle répondu en repoussant ses tresses. Tu me remplaces?

— D'accord. J'ai fini mon boulot.

— Formidable. Tiens!

Starr a attrapé la pelle et l'a brusquement lancée dans ma direction.

— Attrape!

J'ai levé les bras dans le but d'attraper la pelle, mais lorsque j'ai tourné la tête, le soleil m'a aveuglée et j'ai instinctivement fermé les yeux. Paf! La pelle m'a glissé des mains et m'a percuté le pied.

— Aïe! ai-je crié en sautillant sur un pied.

— Hé, je suis vraiment désolée.

Avec un petit sourire navré, Starr s'est penchée pour récupérer la pelle.

— Tu es si athlétique d'ordinaire. J'ai pensé que tu l'attraperais.

Je levé les mains pour abriter mon regard du soleil.

— Moi aussi, j'ai pensé que je l'attraperais.

— Ça va, ton pied?

— Je crois.

Je me suis appuyée dessus, mais une douleur vive m'a fait grimacer. Grâce à mes gènes de clone en tant que clone, j'étais dotée d'une grande force, mais n'étais nullement blindée contre les coupures et les blessures.

— Hé, mon amie, cesse de sautiller. Écoute maman Starr et fais la pause. Enlève ta chaussure pour vérifier si tu saignes. Va t'asseoir sur le banc, là-bas.

Elle a pointé le doigt vers un coin éloigné du garage à demi achevé. Des boîtes de clous et des matériaux pour la toiture étaient empilés contre un mur du garage, de même qu'éparpillés sur le toit.

— Bonne idée.

Je l'ai suivie en claudiquant.

— Mais quelques minutes seulement. Je ne voudrais pas qu'on me traite de fainéante.

— Ça ne risque pas. Personne ne travaille autant que toi. Et tu n'as jamais l'air fatiguée.

— Je suppose que j'ai de bons gènes, ai-je dit en souriant intérieurement.

— Je pense que je vais faire une pause, moi aussi.

Starr a souri.

— Si jamais ce crétin de Dustin fait encore mine de me donner des ordres, il se pourrait que j'oublie mes bonnes manières et que je lui défonce le crâne avec ma pelle.

— Uniquement avec ta pelle? l'ai-je taquinée.

— C'est trop petit? Que dirais-tu d'un bulldozer?

— C'est mieux. Mais Dustin a la tête si dure qu'il ne sentira sans doute rien.

— Très juste ! s'est esclaffée Starr. Ce pauvre type se prend pour le chef du chantier. S'il me dit encore une fois de travailler plus vite, je vais me dégotter un bulldozer.

— Il est trop autoritaire.

— Un petit Hitler avec des fossettes.

Starr a pris place sur le banc de bois rugueux en poussant un long soupir.

— Il est aussi très beau. S'il n'était pas si…

Elle s'est penchée en avant, puis a prononcé dans un chuchotement le qualificatif s'appliquant parfaitement à Dusty Stiff-Bottom — mais ce n'est pas un mot que je peux répéter.

Nous avons ri à gorge déployée, puis Starr s'est penchée en avant avec un sourire entendu.

— Devine à qui je vais demander de m'accompagner à la soirée dansante Sadie Hawkins ?

— Alonzo ?

— Mais non. C'est terminé. Trop possessif et enclin à se montrer macho. Je veux un autre genre de mec.

Les yeux brillants, elle a baissé la voix pour chuchoter d'un air mystérieux.

— Et je crois l'avoir trouvé.

— C'est formidable !

J'ai défait mon lacet et roulé ma chaussette pour examiner mon pied. Pas de sang, mais le début d'un beau bleu.

— Je le connais ?

Elle a hoché la tête.

— Quelle classe ?

— Premier cycle.

— Un étudiant de premier cycle !

J'ai failli en tomber du banc, stupéfaite que Starr, la vice-présidente des élèves de deuxième année, s'intéresse à un élève d'un niveau inférieur.

— Mais il est plus jeune que toi. Il doit avoir mon âge !

— Ce n'est pas tout, l'âge. Il est si mature et très poli en plus.

Son visage s'est éclairé comme un soleil.

— C'est le genre de type qui a de la classe, qui va m'offrir des fleurs, louer un smoking et me conduire à la soirée dansante à bord d'une limousine rutilante semblable à celle que j'ai vue plus tôt. Et, en plus, il est mignon. J'adore la façon dont il étire ses mots avec un accent adorable...

— Un accent ?

— Oui.

Starr souriait fièrement.

— Les Texans ont un accent si sexy.

— Un Texan ! Mince ! Tu ne parles pas de…

Avant que j'aie pu compléter ma phrase, un bruit assourdissant a éclaté sur le toit. Levant les yeux, j'ai aperçu un éclair orangé et une silhouette sombre. Puis, un lourd ballot de bardeaux de toiture a dégringolé — carrément sur MOI !

Tout a paru se dérouler au ralenti et c'est à peine si j'ai eu le temps de m'enlever de là. Je me suis déplacée sur le côté en levant les deux mains, mais je n'ai pas été assez rapide.

Les bardeaux se sont écrasés sur le sol.

J'ai crié, j'ai eu mal.

Je suis tombée par terre dans un nuage de terre et de poussières pulvérisées.

CHAPITRE 2

J'ai ouvert les yeux en battant des paupières sur Starr dont la figure anxieuse semblait flotter au-dessus de moi. Mes paumes brûlaient et mon cœur battait à tout rompre. Le ballot de bardeaux avait raté mon crâne, mais s'était écrasé contre mes mains.

— Tu peux bouger ? demandait Starr dont les tresses ornées de perles cliquetaient au-dessus de mon visage.

— Ouais.

J'ai baissé les yeux sur mes paumes éraflées et rougies.

— Mais j'ai mal aux mains.

— Évidemment. Ce ballot était lourd.

Starr m'a doucement aidée à me redresser sur le banc.

— Il t'aurait réduit le crâne en bouillie si tu ne t'étais pas déplacée à temps.

Dustin est arrivé au pas de course.

— J'ai tout vu ! s'est-il écrié. Allison, ça va ?

— Hum hum.

J'ai hoché la tête parce le nez me chatouillait et j'ai éternué.

— Ça n'a pas l'air d'aller. Je vais composer le 9-1-1. Mieux encore, Starr va le faire avec mon portable.

— Moi ? a fait Starr en fronçant les sourcils. Mais elle ne saigne pas, elle n'a rien.

— Elle peut avoir des blessures internes. Ce ballot pesait au moins trente-cinq kilos ! Il aurait pu tuer Allison !

— Mais je n'ai rien. Je n'ai pas besoin d'une ambulance, ai-je protesté.

J'avais mal aux mains, mais la douleur avait cédé la place à un vague élancement. Voyant quelques ouvriers s'avancer vers moi, je me suis levée et me suis nettoyé le visage.

— Que s'est-il passé ? a demandé un type trapu nommé Arnold Sayid.

Il était le contremaître du chantier, bien que Starr ait déjà affirmé en plaisantant qu'il ressemblait plus à un comptable qu'à un ouvrier de la construction.

— J'ai tout vu, a fait Dustin d'une voix forte. Un abruti qui se trouvait sur le toit a maladroitement heurté un ballot de bardeaux.

— Ouais, ai-je fait, me rappelant avoir vu un éclair orangé. Il y avait quelqu'un sur le toit.

— Un type avec une casquette orangée et une veste noire, a ajouté Dustin.

— Qui était-ce ?

Arnold a frotté sa barbe drue et levé les yeux sur le toit désert du garage.

— Personne n'est censé travailler là-haut aujourd'hui.

— En tout cas, il y avait quelqu'un, a grogné Dustin. Je veux qu'il soit congédié. C'est un vrai danger public.

— Une casquette orangée et une veste noire ?

Arnold a inspecté le petit groupe d'ouvriers qui s'étaient rassemblés.

— Tu dois te tromper. Personne ici ne correspond à cette description.

— N'empêche que je l'ai vu. Il était là-haut.

Dustin a pointé le toit du doigt.

— Il a dû prendre la fuite après avoir failli causer la mort d'Allison. N'oubliez pas que le père d'Allison est un membre influent du Congrès…

Sans tenir compte des propos de Dustin, Arnold s'est tourné vers moi pour m'interroger. Mais je n'avais pas grand-chose à lui dire. Cela s'était passé si vite que mon cerveau ne s'était pas encore mis à jour avec ma mémoire. Encore que… j'étais tiraillée par une impression bizarre, comme si j'avais vu quelque chose d'autre… un truc étrange… mais j'ignorais quoi.

À l'idée de ces bardeaux me tombant dessus, j'avais les jambes flageolantes et le cœur battant. Serrant les dents, j'ai tenté de me convaincre qu'il s'agissait d'un accident et que je n'avais rien à craindre. J'avais peut-être l'air fragile, avec mes cheveux blonds et mon teint clair, mais j'étais coriace. Et il était hors de question qu'on me traite en enfant.

— Je vais bien, ai-je déclaré en levant le menton avec détermination. Je vais aller me reposer chez moi. Ne vous faites pas de soucis pour moi.

Le contremaître voulait que je me rende à l'hôpital, mais j'ai refusé. Évidemment, j'avais mal et j'étais contusionnée, mais sinon j'allais bien. Il s'agissait d'un accident bizarre et je n'avais qu'une envie, ne plus y penser.

Starr voulait téléphoner à sa mère pour lui demander de venir nous chercher, mais lorsque Dustin a proposé de nous raccompagner jusqu'à la maison, cela nous a semblé plus commode et nous avons accepté.

Starr et moi avons grimpé dans la Mustang rouge de Dustin. Celui-ci a demandé à Starr de s'asseoir derrière et m'a invitée à prendre place à l'avant. Il m'a aidée à m'installer à l'intérieur et ses mains se sont attardées sur moi beaucoup trop longtemps. Pouah !

« S'imagine-t-il vraiment que je l'aime de cette façon ? *Même pas en rêve !* »

Le court trajet m'a paru bien long avec Dustin qui n'en finissait pas de pérorer sur ses notes nettement au-dessus de la moyenne et sur toutes ces offres que divers collèges lui envoyaient par la poste. Bien entendu, il avait jeté à la poubelle les lettres provenant des petits collèges insignifiants. Il ne visait rien de moins que les collèges les plus prestigieux. Hormis Harvard ou Yale, tous les autres étaient une injure au regard de ses accomplissements.

L'entendre ainsi caqueter était une injure à *ma sensibilité*. Je me suis calée contre le dossier et j'ai fermé les yeux, mais Dustin n'a pas saisi le message. Lorsque nous sommes enfin arrivés à mon nouveau chez moi, j'étais prête à *lui* lancer un ballot de bardeaux à la tête. N'importe quoi pour le faire taire.

— Merci de nous avoir raccompagnées, a dit Starr en roulant les yeux. Tu peux partir, maintenant. Je vais veiller sur Allison.

Elle s'est extirpée de la voiture et m'a tendu la main. Lorsque j'ai posé le pied par terre, la douleur m'a sciée en deux.

Dustin s'est immédiatement précipité à mes côtés, prenant beaucoup trop au sérieux son rôle de galant homme, me soutenant jusqu'à la maison.

— Appuie-toi sur moi, Allison, a dit Dustin, en me prenant le bras jusqu'à ce que nous posions le pied sur le carrelage du hall d'entrée.

Lançant un coup d'œil dans le salon, il a ajouté :

— Jolie maison, mais ça manque de mobilier.

— Ils viennent d'emménager, a raillé Starr. N'importe quel crétin s'en serait rendu compte en voyant les caisses encore pleines et les murs nus. En plus, ce n'est pas la maison d'Allison.

— Elle est à qui ?

— Elle appartient à Varina Fergus et à son oncle. Allison est l'une des pensionnaires du collège privé du professeur Fergus. Mais cela ne nous regarde pas.

— Le professeur James Fergus ? a fait Dustin avec un intérêt manifeste. Je me suis servi de l'un de ses articles scientifiques pour une dissertation en biologie. Et Varina est sa nièce ? Génial ! Je vais peut-être m'inscrire à un cours particulier.

— Tu perds ton temps, a sèchement riposté Starr. Il n'accepte que des élèves exceptionnels.

— Qu'entends-tu au juste par exceptionnels ?

— Euh, tu devrais t'en aller, l'ai-je vivement interrompu.

— Ouais. Mais j'aimerais en savoir plus sur ces cours particuliers. C'est quoi, le truc ? a demandé Dustin d'un air méfiant.

— C'est rien. Je suis vraiment épuisée et je vais aller m'allonger. Merci de m'avoir raccompagnée.

— Pigé. Mais je tiens à ce qu'on reparle de ces cours particuliers.

Il m'a lancé un regard acéré, puis a tourné les talons et est sorti à grands pas de la maison.

Starr m'a examinée et elle a secoué la tête.

— Tu es blanche comme un linge. Tu DEVRAIS peut-être te rendre à l'hôpital.

— Hors de question. Ça va aller.

— Mais, juste au cas, l'oncle de Varina devrait t'examiner. C'est un docteur, non ?

— Pas *ce* genre de docteur. C'est un professeur de sciences. Et il est sans doute en train de travailler dans son bureau et je ne veux pas le déranger. J'ai juste besoin de m'asseoir.

Starr m'a suivie au salon et m'a installée dans un fauteuil capitonné.

— Tu te sens mieux ?

J'ai hoché la tête, mais ce n'était pas tout à fait vrai. Physiquement, j'*allais* mieux. Mes mains me faisaient moins mal, mais je me suis brusquement rappelé un truc qui m'a bouleversée.

Me calant contre le capitonnage moelleux, j'ai fermé les yeux et j'ai revu l'accident : Starr et moi bavardions sur le banc, j'avais soudainement entendu du bruit, levé les yeux, aperçu un éclair orangé puis une silhouette sombre. Mais, maintenant, il m'apparaissait clairement que cette silhouette sombre était celle d'une personne ; une personne dont les mains pâles étaient tendues vers un ballot de bardeaux.

J'avais maintenant la conviction que cet accident n'en était pas un.

CHAPITRE 3

J'ai réprimé une montée de panique.

Qui avait tenté de me tuer? Et pour quelle raison?

Était-ce relié au fait que j'étais un clone?

J'ai dû avoir l'air hagard, car lorsque j'ai levé les yeux, Starr m'observait. Les mains sur les hanches, la mine intriguée, elle crispait ses lèvres pleines maquillées de mauve.

— Qu'est-ce qu'il y a?

— Rien.

J'ai détourné les yeux de crainte qu'elle se rende compte que je mentais.

— Mes mains et mes pieds me font souffrir.

— Tu *as* mal. Pourquoi ne l'as-tu pas dit?

Elle s'est immédiatement assise près de moi, pleine de compassion.

— Pauvre chou.

— Qui est un pauvre chou? a demandé, depuis le hall d'entrée, une voix juvénile avec l'accent traînant du Texas.

Eric, un garçon à la peau sombre et aux yeux d'ébène, est entré dans la pièce d'un air dégagé.

— *Tu* es loin d'être pauvre, Allison, a-t-il raillé. Tu es la fille la plus riche que je connaisse.

— Pas pauvre sur le plan financier.

La voix de Starr était plus sucrée qu'amère. Elle a posé les yeux sur Eric et a souri avec chaleur.

— Je suis contente que tu sois ici. Allison a besoin d'être entourée de ses meilleurs amis.

— Pourquoi donc?

Eric a repoussé ses lunettes sur son nez et m'a jeté un regard stupéfait.

— Que s'est-il passé?

— Pas grand-chose en réalité, ai-je commencé à dire.

Mais Starr s'était déjà lancée dans un récit dramatique de l'accident. Et elle a fait en sorte d'en être l'*héroïne* et de me reléguer dans le rôle de faire-valoir. Je n'ai pu retenir un sourire. Starr était si transparente, et pourtant, Eric ne semblait pas piger.

— Starr, tu as été d'un grand secours pour Allison.

Eric, qui s'exprimait avec courtoisie et respect, a plongé ses yeux dans ceux de Starr. Le fait d'avoir grandi dans une grande famille texane lui avait enseigné les bonnes manières. Pas étonnant que Starr souhaitait sortir avec lui.

— Je suis toujours là pour mes amis.

La façon dont elle a accentué le mot « amis » était éloquente. Je savais qu'elle ne mettrait pas beaucoup de temps à appâter, ferrer et attraper Eric et à le jeter dans l'épuisette de la soirée dansante Sadie Hawkins.

Ils ont continué à se regarder comme deux idiots jusqu'à ce que Starr baisse les yeux sur sa montre.

— Zut ! Je ne m'étais pas rendu compte qu'il était si tard.

— Tu dois partir ? a demandé Eric, déçu.

— Ouais. Ma grand-mère a un rendez-vous important ce soir, avec un jeune homme — il n'a que quatre-vingt-six ans — et j'ai promis de lui teindre les cheveux. J'avais pensé rose ou vert. Mais connaissant grand-mère, elle va de nouveau vouloir pêche. Cette teinte fait ressortir le dragon tatoué sur son épaule.

Starr a eu un rire cristallin, puis elle a adressé un sourire ensorceleur à Eric.

— On se reparle bientôt. Tu as mon numéro ?

— Pas encore.

Eric lui a rendu son sourire.

— Mais je sais où le trouver. Aimerais-tu que je te raccompagne ?

— Oh, j'adorerais cela. Mais je n'habite pas très loin, tout juste à quelques pâtés de maisons d'ici, et il serait préférable que tu restes avec Allison.

Elle a agité la main et est sortie.

Un sourire niais aux lèvres, Eric a gardé les yeux fixés sur la porte qui venait de se refermer sur Starr pendant un bon moment. Puis, il s'est tourné vers moi, la mine sérieuse.

— OK, Allison. Raconte-moi tout.

— Te raconter quoi ?

— Que s'est-il vraiment passé ?

J'ai hésité, consciente que je ne pouvais pas lui mentir. Nous avions vécu une foule de choses ensemble : la découverte de nos pouvoirs exceptionnels, le sauvetage de sa sœur, l'éclosion de notre amitié.

— Ce n'est pas très grave. Juste un accident bizarre. Un ballot de bardeaux pour toiture m'est tombé dessus et m'a éraflé les mains.

Il s'est penché pour examiner mes mains et a froncé les sourcils.

— Forte comme tu es, tu aurais pu repousser ces bardeaux du revers de la main comme des mouches. Pourquoi ne l'as-tu pas fait ?

— C'est arrivé très vite. Et puis, j'ai vu un truc qui m'a saisie.

Je me suis enfoncée dans le fauteuil capitonné en contemplant mes mains contusionnées.

— Il y avait quelqu'un sur le toit, quelqu'un avec des mains pâles. Je… je crois que cette personne a tenté de me tuer.

— Seigneur, c'est horrible ! Mais ne t'en fais pas, nous allons découvrir ce qui se trame.

Eric a tiré l'une des grosses caisses encore pleines et s'est assis dessus afin que nous soyons l'un en face de l'autre.

— Tu te souviens du surnom que tu nous as donné, à nous, les clones ?

— Les C.C.

— Ouais. Et c'est bien ce que nous sommes. Des clones cousins qui se tiennent les coudes.

Eric a tendu la main pour tirer gentiment sur ma longue tresse.

— On va retrouver le salaud qui a voulu te faire du mal.

— Je l'espère bien.

— Tu en as parlé à oncle Jim ?

— Non. Je viens à peine de rentrer. Je n'ai pas encore vu le professeur Fergus.

Si Eric trouvait facile d'appeler le professeur Fergus « oncle Jim », ce n'était pas mon cas. On ne m'avait même pas permis d'appeler ma propre mère « maman ». Selon elle, ce terme était puéril.

— Oncle Jim est dans son bureau, a fait Eric. Il faut le lui dire.

— Mais cela risque de le bouleverser et de déclencher une nouvelle migraine. Il n'est pas en grande forme et je ne veux pas le stresser.

L'automne précédent, le professeur Fergus avait sombré dans le coma après avoir été agressé au cours d'un cambriolage. Bien que cela n'ait pas été prouvé, nous savions que son ancien associé, le docteur Victor, se trouvait derrière tout ça. Le docteur Victor avait participé à l'expérience de clonage, mais son seul désir était désormais d'éliminer tous les clones.

Je me suis demandé si Victor était responsable de mon accident. Mais c'était peu probable. La dernière fois qu'il avait tenté de s'en prendre à nous, il avait reçu une balle dans le pied et avait été arrêté. Depuis sa sortie de prison, il se montrait discret. C'était désormais sa femme, Geneva, qui nous courait après. C'était une sorcière cupide qui avait un signe de dollar à la place du cœur, et ma dernière rencontre avec elle me donnait encore des cauchemars.

Mais l'un ou l'autre des Victor irait-il courir le risque de grimper sur un toit, dans un endroit public, dans le but de laisser choir un ballot de bardeaux sur moi? J'en doutais fort. En outre, mon assaillant avait des mains à la peau claire, tandis que Victor était sombre de peau. Et il fallait également écarter Geneva, trop menue.

— Allison, il faut que tu en parles à oncle Jim, disait Eric.

— Ouais, je sais qu'il le faut. Je vais le faire plus tard.

— N'attends pas. Il faut bien que quelqu'un t'oblige à veiller sur toi-même. Viens, allons lui parler dès maintenant.

Eric s'est levé et m'a tendu la main, mais je suis restée assise, les bras collés au fauteuil.

— Ne fais pas l'entêtée. Tu te rappelles ce qu'oncle Jim nous a dit lorsqu'il nous a invités à nous installer ici?

J'ai fait la moue sans répondre, mais je m'en souvenais fort bien. Le professeur Fergus semblait si frêle, appuyé sur sa canne, une cicatrice blanche lui barrant le sourcil droit. Il a commencé par avouer qu'il ne pouvait pas nous en révéler beaucoup sur notre passé.

— Moins vous en saurez, plus vous serez en sécurité, nous a-t-il avertis.

Même si nous lui posions un million de questions sur les donneurs de notre ADN et l'expérience de clonage, il n'y répondrait pas. Il nous a plutôt offert de nous aider à apprivoiser nos pouvoirs.

Nous pouvions nous installer chez lui, mais à deux conditions.

1. Nous ne devions pas révéler que nous étions des clones.

2. Nous devions lui signaler tout incident inhabituel.

« Par exemple, manquer se faire écrabouiller le crâne, ai-je songé avec un pincement de culpabilité. »

— Tu gagnes, Eric, ai-je soupiré. Allons le voir.

Nous avons descendu le couloir en marquant une pause devant la grande ouverture cintrée de la cuisine. J'ai remarqué une pile de courrier sur un plan de travail.

— Un instant, Eric. Je veux vérifier un truc.

— Quoi? Oh, le courrier.

Il a arqué les sourcils d'un air entendu.

— J'ai déjà regardé. Rien du Texas pour moi, et rien pour toi de…

— Chut! lui ai-je intimé, un doigt sur les lèvres. Ne prononce pas son nom. Tu as juré de garder le secret au sujet de ma lettre.

— On ne peut pas nous entendre.

— On n'est jamais trop prudent.

J'ai marché jusqu'au plan de travail et j'ai parcouru les factures, les lettres et les réclames, mais sans trouver un truc qui me soit adressé. Zut.

— Je te l'avais bien dit.

— Ouais. Mais quand même…

Je me suis tue, incapable de traduire mes rêves en mots. Avec des parents aussi affairés que les miens, j'avais vraiment besoin de quelqu'un qui me comprenne. Et qui pouvait mieux me comprendre que mon propre clone, Cressida Ray? Elle était mon double. Ou peut-être étais-je le sien. Toute cette notion de clonage était si troublante.

— Eric, je me demande…

Hésitante, je me suis mordu les lèvres quand mon regard a croisé ses yeux sombres et sincères.

— Quoi?

Il a attrapé une canette de soda dans le frigo, puis s'est tourné vers moi.

— Cela fait un mois que je lui ai posté ma lettre, et je ne cesse de me poser des questions.

J'ai expiré fortement.

— Et si cela avait été une erreur que de lui écrire?

— Je ne sais pas.

Il a tiré sur la languette et haussé les épaules.

— Je me fiche pas mal de mon donneur. Il y a quelque part un Eric adulte qui a le même

ADN que moi, mais comme notre naissance est un secret bien gardé, il n'est sans doute même pas au courant de mon existence.

— Je n'aurais peut-être pas dû écrire la lettre. Elle y a sans doute jeté un coup d'œil, puis l'a balancée à la poubelle avec le courrier indésirable.

— Non, a fait Eric en secouant la tête. Elle n'a pas fait ça.

— Comment le sais-tu ?

— Parce qu'elle te ressemble. Elle est peut-être impulsive et impétueuse, mais elle n'est pas cruelle. Pas le moins du monde.

Allongeant le bras, Eric m'a pressé la main. J'ai fait la grimace.

— Navré. Je ne voulais pas te faire mal.

— Ça va. Tu ne m'as pas fait mal.

— Tu ne peux pas reconnaître que tu as mal ?

Il a secoué la tête avec un petit sourire triste.

— Parfois, tu es impossible.

— Parfois, seulement ? ai-je blagué. Je vais devoir redoubler d'efforts.

— Cesse de tergiverser. Allons voir oncle Jim.

— D'accord. Et Eric, ai-je ajouté d'une voix douce, merci.

Nous avons descendu le couloir jusqu'à la grande pièce qui servait à la fois de bureau et de laboratoire au professeur Fergus. Seule Varina était autorisée à y pénétrer régulièrement, étant donné qu'elle s'occupait du classement et d'autres petites tâches administratives. Elle était fana de sciences et raffolait des exposés et des expériences biologiques — toutes ces choses qui m'ennuyaient à mourir.

Après avoir frappé à la porte et attendu qu'on nous invite à entrer, c'est sans étonnement que j'ai découvert Varina assise en tailleur sur le sol au milieu d'un fouillis de dossiers et de documents.

— Je n'arrive pas à mettre la main sur l'article sur la reproduction du maïs, a déclaré Varina à son oncle en repoussant ses cheveux châtains ondulés. Il n'est pas là.

— Il faut qu'il y soit.

Son oncle a tendu le bras pour saisir sa canne et s'est levé de son bureau en chancelant. Il s'est reposé sur sa canne le temps de reprendre son souffle, et son état m'a remplie d'inquiétude.

— Bonjour, Eric et Allison, a-t-il fait avec un sourire en caressant sa barbe grisonnante. Donnez un coup de main à Varina, voulez-vous? Je dois absolument retrouver ce rapport de recherche.

Eric s'est raclé la gorge.

— Pouvons-nous d'abord discuter?

Varina a interrompu son classement et a levé les yeux.

— Il y a un problème?

— Pas vraiment…

J'ai dissimulé mes mains contusionnées dans mon dos.

— Ça peut donc attendre un peu, a dit le professeur Fergus tout en continuant à farfouiller sur son bureau. Dès que j'aurai retrouvé ce document…

Au mot « document », le téléphone a sonné.

— Mais oncle Jim…, a commencé Eric, mais le professeur Fergus avait déjà soulevé le combiné.

— Bonjour. Fergus à l'appareil.

Il s'est tu, a écouté, puis il a suffoqué. Ses mains se sont mises à trembler. Et le stylo qu'il avait à la main est tombé sur le bureau avec un bruit sec.

— VOUS! s'est-il écrié d'une voix étranglée. Pourquoi diable téléphonez-vous ici?

CHAPITRE 4

Varina, Eric et moi avons regardé le professeur Fergus avec étonnement. Sur le combiné, les jointures de sa main étaient blanches comme de la craie et, sous l'effet de la colère, son visage s'était marbré de rouge. Je ne l'avais jamais vu aussi furieux.

— NON! a craché le professeur Fergus. Je ne prêterai pas l'oreille à une offre de votre part!

Varina a traversé la pièce et a doucement posé la main sur le bras de son oncle.

— Que se passe-t-il? Qui est-ce?

Ignorant sa nièce, il a déversé un torrent de paroles courroucées dans l'appareil.

— Je n'arrive pas à croire que vous avez l'audace de téléphoner ici. Vous êtes un traître et un meurtrier. Inutile de nier. Je suis convaincu que vous êtes responsable de la mort des parents de Chase !

Varina, Eric et moi avons échangé des regards étonnés. La personne au bout du fil *devait* être Victor ou sa femme, Geneva. Individuellement, ils étaient dangereux, ensemble, ils étaient mortels.

— Quoi ? s'est écrié le professeur Fergus comme si on l'avait frappé. Je me fiche de la somme que vous êtes prêt à débourser, cela ne m'intéresse pas… NON !

Suffoquant, le professeur Fergus s'est effondré dans son fauteuil, agrippé à l'appareil. Il semblait écouter, mais ne disait mot. Son silence était encore plus effrayant que sa colère. Lorsqu'il a finalement repris la parole, sa voix n'était plus qu'un souffle angoissé.

— Je ne le crois pas. *Pas elle*. Il est impossible qu'au bout de toutes ces années vous sachiez… Laissez-la tranquille !

Puis, il a violemment reposé le combiné, en secouant la tête et en murmurant un seul mot : « Jessica ».

— Qui donc est Jessica ? ai-je demandé à Varina un peu plus tard.

Eric, Varina et moi étions assis au salon devant des plateaux télé de pizza congelée. Le professeur Fergus était si bouleversé qu'il nous avait chassés de son bureau dont il avait verrouillé la porte.

Varina ne m'a pas répondu tout de suite, mais à la vue de sa bouche crispée et de ses épaules contractées, j'ai compris qu'elle connaissait ce nom. Et il s'agissait manifestement d'une personne qui lui était chère.

— La sœur d'oncle Jim ne s'appelait-elle pas Jessica? a demandé Eric en retirant à l'aide d'une serviette un filament de mozzarella sur son menton.

— Non.

Les yeux de Varina se sont mouillés.

— La sœur d'oncle Jim et son mari sont morts dans un accident ferroviaire alors que j'étais petite. J'ai longtemps cru qu'ils étaient mes parents, jusqu'au jour où j'ai découvert cette histoire de clonage. La docteure Jessica Hart avait contribué à l'expérience.

— La docteure Hart?

Je connaissais ce nom. Elle figurait au nombre des scientifiques ayant créé les clones sur le yacht. Je n'étais alors qu'un bébé et je ne me souvenais pas d'elle, mais le professeur Fergus nous avait raconté ce qui s'était passé lors de la terrible nuit où lui et la docteure Hart s'étaient portés à notre secours. Alors qu'elle s'apprêtait à grimper dans la vedette par laquelle nous devions fuir, Victor avait tiré sur elle. Elle avait été transportée à l'hôpital, puis elle avait disparu.

— Je croyais que la docteure Hart était morte, ai-je glissé.

— Je l'ignore.

Varina a contemplé la part de pizza intacte sur son plateau, puis a levé les yeux et croisé nos regards interrogateurs.

— Il m'arrive parfois de rêver. Ou peut-être ces rêves sont-ils en fait des souvenirs.

J'ai hoché la tête, sachant que Varina avait été dotée d'une mémoire exceptionnelle. Alors que je n'arrivais pas à me rappeler ce qui s'était passé la semaine précédente, Varina se souvenait dans le moindre détail de conservations ayant eu lieu dans sa tendre enfance.

— Jessica Hart apparaît dans ces rêves ? a interrogé Eric, en se penchant en avant dans son fauteuil.

— Oui. Quand ces rêves ont commencé, j'ai cru d'abord qu'elle était mon ange gardien. Elle a de beaux cheveux roux, un sourire merveilleux et elle ne cesse de répéter à quel point elle m'aime.

Varina a entrepris de déchiqueter la serviette posée sur ses genoux.

— Mais la nuit dernière, le rêve s'est transformé. Et je me demande…

— Quoi? Eric et moi avons-nous demandé d'une seule voix.

— Rien, en fait.

Elle a haussé les épaules et a eu un petit rire tremblant.

— Mes rêves ne sont en fait que des souvenirs. Ils ne peuvent pas rapporter des conversations actuelles. N'est-ce pas?

Eric a répondu « non » en même temps que je répondais « oui ».

J'ai lancé à Eric un regard signifiant « espèce d'ignorant » avant de dire à Varina :

— Tu fais peut-être des voyages astraux. Ou tu as un lien psychique avec Jessica Hart. Un tas de trucs inexplicables n'en demeurent pas moins possibles.

— Écoute-moi donc, mademoiselle Nouvel Âge, a fait Eric en roulant les yeux. À mon avis, les rêves n'ont rien de mystérieux.

— C'est que tu ne les comprends pas, ai-je rétorqué.

— Il n'y a rien à comprendre.

— Écoute-moi donc, monsieur Sceptique.

— Sois réaliste, Allison. Les rêves ne sont que des rêves et ils ne signifient rien du tout.

— J'espère bien que mon rêve de la nuit dernière ne signifie rien du tout, a reconnu Varina, qui avait réduit sa serviette en confettis sur ses genoux. Mais il semblait si réel. J'étais dans la pièce avec Jessica, je sentais sa main sur la mienne, je voyais ses larmes. Elle me mettait en garde contre un danger.

— Il est possible que la docteure Hart communique avec toi depuis l'Au-delà, ai-je déclaré. J'ai lu dans des magazines des articles décrivant ce genre de messages d'outre-tombe. Seules les personnes sensibles les perçoivent et il ne faut pas les ignorer. La docteure Hart t'a-t-elle expliqué de quel genre de danger il s'agissait ?

— Non, a répondu Varina avec un haussement d'épaules. Je me suis brusquement réveillée, le cœur battant à tout rompre. J'étais effrayée, mais sans savoir pourquoi.

— Elle sait peut-être que les Victor vont de nouveau nous causer des ennuis, ai-je avancé.

Eric nous a lancé un regard dubitatif.

— Nous ne savons même pas avec certitude *qui* a téléphoné à oncle Jim.

— Dommage que Chase ne soit pas là, a fait Varina rêveusement. Il nous l'aurait dit. Grâce à son ouïe, il aurait entendu les deux côtés de la conversation.

— Ouais. Mais Chase a assez de problèmes comme ça.

J'ai eu une pensée pour notre blond cousin clone de dix-huit ans. Il se trouvait à Reno, en train de liquider les avoirs de ses parents. Ceux-ci étaient morts dans un incendie qu'on avait allumé dans le but de le tuer, lui.

— La prochaine fois qu'il téléphonera, je le persuaderai de venir s'installer chez nous. C'est sa place.

Varina a souri rêveusement. Elle avait sérieusement le béguin pour Chase, mais j'avais bien peur que ce ne soit pas réciproque.

— Ce serait formidable que Chase emménage ici. Nous, les clones, serions tous réunis comme les membres d'une même famille.

Je me suis penchée en avant, tressaillant lorsque mes mains contusionnées ont frôlé du bois, mais me sentant très bien par ailleurs.

— À l'exception de Sandee Yoon, a fait remarquer Eric. Elle ne sait même pas qu'elle est un clone.

— Elle a eu l'occasion de le découvrir, mais elle s'est enfuie.

Varina a enroulé une mèche de cheveux châtains autour de son doigt et a froncé les sourcils.

— C'est Chase qui m'inquiète. Il était si bouleversé à notre dernière rencontre.

— Bouleversé à quel sujet? ai-je demandé, croyant déceler un secret.

Varina était-elle au courant d'un truc concernant Chase que nous ignorions?

— C'est-à-dire…

Elle a détourné les yeux.

— Le fait d'être un clone le perturbe.

— Cela a été un choc pour nous tous, ai-je déclaré.

— Mais c'est différent dans le cas de Chase. Je… je ne peux pas l'expliquer, mais croyez-moi, c'est *très* lourd pour lui. Et je crains…

Varina a détourné le regard.

— Je crains qu'il ne revienne jamais.

— Chase est capable de veiller sur lui-même, a déclaré Eric. Mais je ne suis pas certain qu'oncle Jim le soit.

J'ai hoché la tête.

— J'espère qu'il ne stressera pas au point d'atterrir à l'hôpital.

— Nous devons l'aider.

Eric s'est levé et a froissé son assiette en papier vide.

— Dans un premier temps, je peux chercher des renseignements concernant Jessica Hart sur le Web. Ça vaut le coup d'essayer.

— Bonne idée, ai-je fait me rappelant qu'Eric avait mis au plus cinq minutes à dénicher l'adresse de Cressida Ray à ma demande.

— Les chances sont minces, étant donné que la docteure Hart a disparu il y a plus d'une décennie, a fait Eric d'un ton peu convaincu. La piste est très froide, même dans le cyberespace.

— Oncle Jim pourrait nous en dire davantage s'il n'était pas aussi têtu. Il est injuste, a dit Varina en roulant en boule sa serviette déchiquetée.

— Ouais, ai-je acquiescé. Il veut qu'on lui raconte tout, mais lui ne nous raconte rien. Nous devrions envahir son bureau et exiger qu'il nous dise la vérité.

— Ce coup de fil l'a trop bouleversé, a protesté Varina, mal à l'aise. Ce n'est pas le moment de le pousser dans ses derniers retranchements.

— N'y aura-t-il jamais un bon moment ? ai-je riposté.

— Sans doute pas, a reconnu Varina.

— Ouais, a acquiescé Eric. Allons-y.

Hésitante, Varina nous a regardés, puis elle a hoché la tête.

— D'accord.

Nous sommes sortis du salon. Je me sentais très excitée et me suis demandé si nous allions enfin en apprendre davantage sur l'expérience de clonage. Par exemple, qui avait formulé le Enhance-X25, auquel nous devions nos super pouvoirs ? Pourquoi l'expérience de clonage avait-elle mal tourné ? Et qu'était devenue Jessica Hart ?

Alors que nous nous apprêtions à franchir le hall d'entrée, on a soudainement frappé à la porte.

— Il est plutôt tard pour avoir de la visite, a protesté Eric.

— Je vais ouvrir, ai-je lancé, espérant qu'il ne s'agissait pas de Dusty Stiff-Bottom.

Mais lorsque j'ai ouvert la porte, la femme élégante qui se tenait devant moi n'avait rien à voir avec Dustin. Elle avait de longs cheveux blonds ondulés, des yeux sombres et un grand sourire que j'aurais reconnu n'importe où. Je ne l'avais jamais rencontrée, mais j'ai su tout de suite qui elle était.

Cressida Ray.

Mon clone.

CHAPITRE 5

— Allison Beaumont ? a demandé Cressida, la voix tremblante de nervosité.

Elle était peut-être nerveuse, mais moi, j'étais en état de *choc*.

J'avais la bouche grande ouverte, mais je n'arrivais pas à articuler. Je n'avais qu'une seule idée en tête : *mon clone. Ici !*

Je gardais les yeux fixés sur cette version adulte de moi-même. D'allure jeune, elle irradiait une grâce fragile. Sa peau douce était lisse, un brillant à lèvres pêche faisait scintiller ses lèvres pleines, et son regard sombre était profond.

Était-ce à cela que j'allais ressembler dans quelque vingt ans ?

Bon sang! Même aujourd'hui, je n'étais pas aussi jolie!

Elle a tendu la main, hésité un instant, puis caressé ma joue.

— Incroyable, a-t-elle soufflé. J'étais exactement comme toi à ton âge. La photo que tu m'as envoyée était stupéfiante.

— Vous avez reçu ma lettre? ai-je demandé rayonnante de joie. Vous l'avez lue et avez fait tout ce chemin juste pour me voir?

Elle a hoché la tête en triturant nerveusement un petit sac à main ambré assorti à ses chaussures à talons plats.

— Il me fallait voir de mes yeux si… si tu étais réelle.

— Je suis réelle, il n'y a pas de doute.

J'ai lancé un coup d'œil dans la rue où une longue limousine argentée attendait au bord du trottoir.

— Euh… vous voulez entrer?

— C'est gentil de m'inviter. Je dois d'abord vérifier auprès de Dolores.

Elle s'est retournée et a fait un signe de la main en direction de la limousine. Un type trapu aux cheveux grisonnants vêtu d'un costume de couleur sombre et ganté de blanc a quitté le siège du chauffeur et a contourné la limousine pour ouvrir la portière arrière à une femme pas très grande à la silhouette en forme de poire et aux cheveux sombres coupés au carré. La femme est sortie de la voiture et a marché jusqu'à nous.

— Dolores, regarde-la ! s'est écriée Cressida en me montrant de la main. La ressemblance n'est-elle pas renversante ?

— Tout à fait.

Dolores avait le visage fermé et la mine impatiente.

— Maintenant que tu l'as vue, nous devons partir.

— Oh, s'il te plaît, pas tout de suite. Ne pourrions-nous pas entrer quelques minutes ? s'est enquise Cressida avec un sourire enjôleur, comme une enfant sollicitant la permission de sa mère.

— Bien entendu. Mais hâte-toi ; n'oublie pas que demain, nous avons une séance de photos pour le *Fashion Plate Magazine*.

Dolores transportait une mallette d'allure respectable, mais elle était vêtue d'un survêtement bleu marine et portait des baskets blancs.

— Je t'accompagne.

— Bien sûr. Entrez.

J'ai regardé les deux femmes avec le sentiment de ne pas être à ma place.

— Euh… Veuillez excuser la présence de toutes ces caisses. Nous n'avons encore fini d'emménager.

— Votre demeure est ravissante, a dit Cressida en entrant dans le hall.

— Oh, c'est celle du professeur Fergus. Je suis pensionnaire ici. Mes parents habitent à Seattle.

Varina et Eric se sont avancés, visiblement dévorés de curiosité.

— Cressida Ray et Dolores… ai-je fait en montrant les deux femmes d'un geste de la main.

Je me suis interrompue, ignorant le nom de famille de Dolores.

La petite femme a poliment serré la main d'Eric, puis celle de Varina.

— Dolores Schwartz. Je suis la gérante de Mlle Ray.

— J'ai écrit une lettre à Cressida Ray, ai-je expliqué à Varina, consciente toutefois que cela n'expliquait pas grand-chose.

Varina semblait toujours stupéfaite ; elle cherchait sans doute à comprendre quelle raison m'avait poussée à écrire à un mannequin. Ou peut-être le fait que Cressida me ressemble l'étonnait-elle. Mais il lui faudrait attendre pour connaître tous les détails.

Nous nous sommes rendus tous les cinq dans le salon.

Une grosse caisse renfermant les ouvrages de référence du professeur Fergus bloquait l'accès à la causeuse, je l'ai donc repoussée doucement des deux mains. *Chhhh!* La caisse a traversé le salon et est allée heurter un porte-revues en bois.

Avec un sourire contrit, je me suis rappelé la nécessité de maîtriser ma force. Je me suis empressée d'aller redresser le porte-revues.

— Désolée. Je ne suis pas si empotée d'ordinaire.

Je me suis tournée vers Cressida avec un sourire extatique.

— Mais il faut dire que ce n'est pas tous les jours que je rencontre un mannequin célèbre. Je n'arrive toujours pas à croire que vous êtes là.

— Oh, je ne suis pas célèbre. Je l'étais peut-être il y a une quinzaine d'années, mais plus maintenant.

— C'est n'importe quoi, a grommelé Dolores. Ta carrière est en plein essor, et les propositions affluent.

— On pourrait dire que je reviens à la mode.

Cressida a haussé les épaules comme s'il s'agissait d'une plaisanterie, puis a repoussé ses cheveux exactement comme je le fais lorsqu'un compliment m'embarrasse.

— Votre visage m'est familier, a fait remarquer Varina en me lançant un regard acéré.

— C'est normal, a répondu Dolores avec assurance. Cressida n'est peut-être pas encore une mannequin vedette, mais on la voit souvent dans les magazines et les réclames.

— Une pub de crème pour les mains. Voilà où je l'ai vue.

Varina s'est tue un instant, puis a cité :

— La crème Confort fait disparaître les taches pigmentaires. Si *vous* ne révélez pas votre âge, vos mains ne le révéleront pas non plus.

— Formidable ! a applaudi Cressida. Vous êtes comédienne ?

— Moi ? a fait Varina, étonnée, en se touchant la poitrine. Pas du tout !

— Varina a une mémoire exceptionnelle, ai-je dit.

Cressida s'est tournée vers moi en souriant.

— Et je suis persuadée que tu es également exceptionnelle, Allison. C'est pourquoi je suis venue.

— Eh bien… je m'en réjouis.

J'ai rejeté ma tresse dans mon dos, ne sachant que dire. Par conséquent, je me suis évidemment mise à jacasser comme une idiote.

— C'est formidable que vous soyez ici. J'espérais une lettre ou un coup de fil, mais c'est au-delà de mes espérances. Je veux dire, faire votre connaissance.

— Je devais venir. Je n'arrêtais pas de penser à ta photo. Tu sais, je n'ai pas d'enfant. Mais si j'avais une fille, elle te ressemblerait.

Cressida a spontanément allongé le bras et m'a pressé la main.

J'ai baissé les yeux sur nos mains jointes ; les mêmes longs doigts effilés, sauf que j'avais la peau bronzée alors que la sienne était pâle. Par ailleurs, un vernis d'un rose nacré enjolivait ses ongles parfaitement manucurés, tandis que les miens étaient ébréchés et tachés par le travail en plein air. Toutefois, il ne faisait pas de doute dans mon esprit que nous étions des doubles. Des copies conformes. Des clones.

Je me suis demandé ce que Cressida savait de mon étrange naissance. S'était-on servi de son ADN à son insu ? Était-ce possible ? Ou avait-elle volontairement accepté de contribuer à l'expérience de clonage ? Mais je ne savais pas comment m'y prendre pour l'interroger. En tout cas, pas pour le moment.

Dolores a tapé le sol de ses baskets.

— Cressida, il est temps de partir.

— Mais je ne suis pas encore prête. Je n'ai pas passé assez de temps avec Allison.

Cressida a fait la moue et froncé ses sourcils blonds — un autre tic que j'ai reconnu. Sauf que j'avais cessé de piquer des crises lorsque je m'étais retrouvée pensionnaire au collège.

— Pourquoi ne reviendriez-vous pas demain, après le travail ? ai-je proposé sans tenir compte du regard d'avertissement que m'a lancé Eric.

— J'adorerais cela. Nous pourrions aller nous promener et faire connaissance.

Cressida a lancé un coup d'œil à sa gérante.

— Dolores, pouvons-nous glisser cela dans notre horaire ?

— Navrée, mais c'est impossible. Tu seras beaucoup trop épuisée après la séance de photos.

Dolores a secoué sa tête sombre. J'ai décrété que je n'aimais PAS cette petite femme autoritaire.

— Non, je ne serai pas épuisée.

— Après la séance de photos, nous quittons l'hôtel et nous envolons pour Chicago. Et lundi matin, tu as une entrevue.

— Eh bien, *annule* le vol et l'entrevue.

— Ne sois pas ridicule. Viens maintenant.

Dolores s'est levée et a tendu la main à Cressida, lui signalant ainsi très clairement qui était le patron.

— Ta curiosité est satisfaite. Il est temps de partir.

— Je suppose.

Même si Cressida s'est docilement levée, j'ai remarqué une lueur rebelle dans ses yeux sombres.

— Je veux d'abord faire mes adieux à Allison. S'il te plaît, retourne à la limousine et laisse-nous seules pendant quelques minutes.

— Bien entendu.

Avec un sourire triomphant, Dolores a tourné les talons et est sortie de la maison.

Embarrassées, Cressida et moi sommes restées l'une devant l'autre pendant un moment. Je lui ai adressé un sourire timide, tandis que Varina et Eric nous observaient avec le même intérêt que s'ils assistaient en direct à un feuilleton dramatique.

— Ça a marché ! s'est écriée Cressida en se frottant les mains. Maintenant qu'elle est partie, nous allons pouvoir former des plans.

— Des plans ? ai-je repris, étonnée.

— Oh, oui, Allison. Des plans très intéressants. Je n'ai pas fait tout ce chemin pour rencontrer une fille qui pourrait être ma jumelle et rater la chance de faire sa connaissance.

Avec un sourire espiègle, elle a déclaré :

— Voici ce que nous allons faire…

CHAPITRE 6

J'ai eu du mal à dormir, cette nuit-là. Des idées, des inquiétudes et de l'excitation ricochaient vivement dans ma tête comme les boules d'un flipper. Le plan de Cressida marcherait-il ? Pouvait-elle avoir confiance en son chauffeur ? Et si sa gérante se mettait à nourrir des soupçons ? Et même si le plan marchait, combien de temps mettrait-on à nous retrouver ?

J'ai regonflé mon oreiller sous ma tête, je me suis allongée sur le dos et j'ai contemplé le plafond. La lune brillait par la fenêtre et ses rayons argentés dansaient sur le plafond. Mes pensées dansaient elles aussi ; de Cressida au professeur Fergus en passant par la peur.

Ce coup de fil. Il en avait été si effrayé, traumatisé, bouleversé, non pas pour lui visiblement, mais pour Jessica. Avait-il été amoureux de la docteure Hart ? Était-ce l'un des secrets qu'il nous cachait ?

Après le départ de Cressida, tandis qu'Eric nourrissait Renegade, le chien blond, dans la cour arrière, Varina et moi étions allées frapper à la porte du bureau du professeur Fergus.

— Oncle Jim, s'il te plaît, ouvre, l'avait supplié Varina. Raconte-nous ce qui se passe. Tu nous inquiètes.

Mais son oncle n'avait pas répondu. Varina avait déclaré qu'il dormait peut-être et nous étions parties.

Dans un certain sens, je m'étais sentie soulagée. Je savais que je devais lui parler de l'accident sur le chantier et de ma rencontre avec Cressida, mais je redoutais sa réaction et le fait d'avoir à reporter cette discussion me convenait. Il était en effet probable qu'il n'aime pas que je fréquente la femme dont j'étais le clone. Il faisait un tel mystère de tout ce qui avait trait à l'expérience de clonage, faisant allusion à de vagues dangers, nous interdisant de révéler la vérité à quiconque. Il risquait fort de m'interdire de revoir Cressida — une perspective que je ne supportais pas.

Cressida s'était montrée *si* formidable. Son sourire facile invitait à l'amitié et sa façon de me presser la main m'avait touché au cœur. Elle avait même échafaudé un plan qui nous permettrait de passer quelques heures ensemble. Elle semblait être aussi fascinée par moi que je l'étais par elle. Et j'avais l'impression qu'elle ne s'intéressait pas uniquement à mon apparence, mais qu'elle souhaitait sincèrement me connaître — comme si elle soupçonnait ou savait que nos traits communs n'étaient pas qu'une coïncidence.

Des nuages épais ont masqué la lune et les rayons sur le plafond se sont assombris. Mes pensées ont glissé vers le rêve et, en sombrant dans le sommeil, je me suis posé la grande question.

Cressida savait-elle que j'étais son clone ?

CHAPITRE 7

Le dimanche, à dix heures, peu après que le professeur Fergus eut conduit Eric à l'église, j'ai entendu deux brefs coups de klaxon à l'extérieur.

— La voiture est là ! me suis-je écriée en m'éloignant d'un pas dansant de la grande fenêtre avant pour m'empresser d'aller prendre mon sac à main.

Je l'ai attrapé au vol sur le plan de travail de la cuisine et me suis élancée vers la porte avant.

Varina m'y a retrouvée, la mine sérieuse.

— J'espère que tu sais ce que tu fais.

— Je n'en ai pas la moindre idée.

J'ai ri et ma longue tresse s'est balancée dans mon dos.

— Et je m'en fiche. C'est si excitant. Un rendez-vous secret avec une nouvelle amie.

— Elle est plus que ton amie, a fait Varina d'un ton tranchant.

— Ouais, je sais.

J'ai dégluti.

— Eric t'a raconté ?

— Il n'a pas eu à le faire. Votre ressemblance saute aux yeux. Comment l'as-tu retrouvée ?

— J'ai vu sa photo dans un vieux magazine. Puis Eric a trouvé son adresse sur le Web.

— Et tu lui as écrit. Tu lui as sans doute également envoyé ta photo.

— Ça a marché, non ? Je l'ai retrouvée.

— Et maintenant, c'est elle qui t'a retrouvée.

Varina a repoussé sa frange de cheveux châtains et a tranquillement déclaré :

— Oncle Jim ne va pas aimer cela.

— Dans ce cas, ne lui dis pas. Ce n'est pas comme si j'allais révéler à Cressida que je suis son clone. À mon avis, elle l'ignore. De toute façon, elle s'en va demain. Il est possible que je ne la revoie jamais.

— Ou peut-être que nous ne *te* reverrons jamais, a dit Varina la mine lugubre. Et si elle travaillait pour les Victor ? C'est peut-être une arnaque pour t'enlever.

— C'est insensé ! ai-je fait, incrédule, en secouant la tête. C'est moi qui lui ai écrit.

L'accompagner ne met personne en danger. Je te promets d'être très prudente.

— Prends ton portable afin de pouvoir nous téléphoner si tu as des ennuis.

— Oui, maman.

— Ne plaisante pas. J'ai un mauvais pressentiment. Traîner avec la femme dont tu es le clone est risqué — d'autant qu'il s'agit d'une mannequin célèbre. On pourrait vous voir ensemble et deviner ton secret.

— Des tas de gens se ressemblent.

— Mais la plupart des gens n'ont pas de clone. Vous voir l'une à côté de l'autre, Cressida et toi, est proprement stupéfiant. Vous avez la même allure, la même façon de bouger, la même voix.

— Ouais. N'est-ce pas génial ? ai-je fait, ravie. Tu es bien placée pour me comprendre, Varina. Tu as également un clone quelque part. Tu n'as pas envie de faire sa connaissance ?

Varina s'est mordu les lèvres et a détourné les yeux. Elle a gardé le silence, puis a déclaré d'une voix douce :

— J'ai peut-être *déjà* fait sa connaissance.

— Que veux-tu dire ?

— Je n'en suis pas certaine. C'est juste un vague souvenir, a-t-elle répondu en secouant la tête. Seul oncle Jim pourrait me dire si… mes soupçons sont fondés.

— Je n'ai pas besoin qu'on me révèle qui m'a donné son ADN. Je l'ai trouvée et nous allons devenir deux grandes amies. Sur le plan biologique, elle est plus près de moi que n'importe qui d'autre. C'est comme si elle était moi.

— Non, Allison. Tu es toi-même. Tu as peut-être le même ADN que Cressida, mais vos vies sont très différentes.

— Oh, je sais. Elle a *vécu* tandis que moi, je n'ai même pas commencé à réfléchir à mon avenir. Elle peut m'enseigner beaucoup.

Entendant un coup de klaxon retentir dehors, j'ai ouvert la porte.

— Je dois y aller !

— Je continue de croire que c'est une mauvaise idée, mais amuse-toi quand même.

Varina s'est avancée et m'a fait un câlin.

— Et sois prudente.

— Oh, je le serai !

Puis, je me suis pratiquement envolée hors de la maison, au-dessus des marches et vers la limousine qui m'attendait. Pas une voiture quelconque, non — une superbe limousine allongée de couleur argent ! La plus extravagante que j'aie jamais vue. Waouh ! Cela allait être le jour le plus excitant de mon existence !

CHAPITRE 8

Leo, le chauffeur, m'a ouvert la portière. Je me suis glissée avec grâce sur la banquette arrière. Je n'avais pas pris place dans une limousine depuis mon enfance, époque à laquelle j'adorais encore accompagner mes parents à des événements politiques. Ils me coinçaient entre eux, me prenaient la main et m'exhibaient fièrement. J'ai conservé quelques coupures de journaux montrant une fillette blonde et souriante qui ressemblait à une poupée engoncée dans des volants et de la soie.

Quelle déception pour mes parents lorsque j'ai délaissé la soie pour le denim! Ils n'avaient reculé devant rien pour adopter un bébé, mais je suppose qu'ils avaient oublié que les bébés grandissent.

Pourtant, assise à l'arrière de la somptueuse limousine, je ne me sentais pas si grande que cela. Je me sentais comme une gosse s'en allant à Disneyland. Une musique légère sortait des minuscules haut-parleurs et j'ai examiné avec curiosité les nombreux boutons et gadgets entourant les sièges de cuir. Il y avait une télé, un ordinateur portable, un téléphone portable et même un petit frigo.

— Servez-vous à boire, a dit le chauffeur d'une voix bourrue, mais pas inamicale.

La glace teintée nous séparant était entrouverte de quelques centimètres et je pouvais voir ses gants sur le volant tandis qu'il déboîtait.

— Merci.

J'ai ouvert le frigo sur un vaste choix de sodas, d'eaux aromatisées, de jus, de vins et d'en-cas. Mon choix s'est porté sur une bouteille d'eau au parfum kiwi-pêche.

Tout en sirotant mon eau, j'ai regardé par la fenêtre, savourant les regards étonnés et les coups d'œil curieux qu'attirait la limousine. C'était agréable de me savoir invisible derrière la glace teintée. J'étais à l'abri, comme une princesse dans son carrosse royal.

— Où allons-nous? ai-je demandé au chauffeur lorsqu'il s'est arrêté à un feu rouge.

— Au centre commercial Fountain.

Le feu est passé au vert et il a appuyé sur l'accélérateur.

— Ce n'est qu'à quelques pâtés de maisons.

— Ouais. J'y suis déjà allée.

J'ai revu en esprit la galerie ultramoderne avec ses boutiques élégantes et ses magasins spécialisés.

— Mlle Ray aura bientôt terminé sa séance de photos.

— Je vais pouvoir regarder?

— Si vous veillez à ce qu'on ne vous voie pas.

— Je vais y veiller, l'ai-je assuré.

La limousine a pris à gauche, puis elle s'est engagée sur l'aire de stationnement de la galerie marchande Fountain. Il était très tôt et les boutiques n'étaient pas encore ouvertes. Mais il y avait néanmoins beaucoup d'animation : des gens, des voitures et même une caravane garée devant l'entrée de la galerie où une cascade d'eau colorée jaillissait d'une vaste fontaine.

Et là se trouvait Cressida. Sous l'éclairage artificiel, son maillot de bain doré et noir rutilait, et sa longue chevelure blonde flamboyait. Elle bougeait vivement, se tournait et se retournait, faisait la moue, inclinait la tête, s'esclaffait, et l'appareil photo captait à merveille sa grâce.

— Attendez ici, m'a ordonné le chauffeur en ralentissant à côté de l'une des caravanes.

— OK.

Mais j'étais déçue, car la caravane obstruait en partie mon champ de vision, m'empêchant ainsi de distinguer clairement ce qui se passait. Je me suis retournée pour regarder par la lunette arrière et j'en ai été récompensée en entrevoyant Cressida. J'ai enfoncé un bouton pour entrouvrir la glace. Des voix se sont glissées à l'intérieur de la voiture et j'ai entendu quelqu'un crier « C'est dans la boîte ! »

J'ai intérieurement bondi d'excitation !

La *véritable* partie de plaisir allait pouvoir commencer !

Le visage pressé sur la glace, j'ai regardé Cressida se tamponner les sourcils à l'aide d'une serviette avant de saluer de la main quelques personnes. Dolores et un homme grand et maigre vêtu d'un strict costume cravate se sont approchés d'elle. L'homme de haute taille s'est adressé à Cressida, son visage anguleux tendu par la colère.

— Qui est cet homme ? ai-je demandé, captant l'attention du chauffeur dans le rétroviseur.

— Jackson Goodwin. L'agent de Mlle Ray. Évidemment, en outre, il a déjà été son mari. Heureusement, ce n'est plus le cas.

Léo a haussé les épaules et a pointé du doigt dans une autre direction.

— Vous voyez cette jeune personne maigre et rousse assise sur la pelouse là-bas ? C'est Sarah Ann. C'est la belle-fille de Mlle Ray. Elle croit être une mannequin, comme Mlle Ray. Hum !

J'ai compris à son ton bourru qu'il n'était pas de l'avis de Sarah Ann. Mais pour quelle raison Sarah Ann ne serait-elle pas une mannequin ? Elle était élancée et ravissante, plus âgée que moi, mais moins grande, avec une masse de boucles rousses qui me rappelaient celles d'Annie, la petite orpheline. J'imaginais que Cressida était fière que Sarah Ann souhaite suivre la même voie qu'elle, mais il me semblait étrange que mon double génétique ait une belle-fille de cet âge.

L'ex-mari et agent de Cressida s'exprimait avec colère, mais je ne pouvais pas entendre ses paroles. Cressida a secoué la tête et a rétorqué sur le même ton, à la suite de quoi M. Goodwin s'est éloigné à grands pas furieux. Je n'ai pas eu le temps de me demander pourquoi, car Cressida s'est mise en marche.

— Elle vient par ici ! me suis-je écriée en frétillant sur mon siège. Mais Dolores et Sarah Ann la suivent. Elles vont tout gâcher !

— Patience. Mlle Ray sait ce qu'elle fait, m'a assuré le chauffeur avec l'assurance d'un père débordant de fierté. Derrière ce sourire gracieux se cache une femme brillante.

Cressida a continué d'avancer vers la limousine. Sarah Ann a prononcé quelques mots que je n'ai pu saisir, puis a soudainement tourné les talons pour aller retrouver les photographes. Hélas, Dolores n'en a pas fait de même. Elle est restée avec Cressida, brandissant des documents et discutant tout en marchant d'un pas vif.

Elles se sont approchées de la limousine, j'ai retenu mon souffle et j'ai attendu.

Je distinguais clairement Cressida maintenant et j'ai remarqué le pli soucieux qui lui barrait le front tandis qu'elle lançait un regard impuissant dans ma direction. Bien entendu, à cause de la glace teintée, elle ne pouvait pas me voir, mais elle savait que j'étais là.

La glace était toujours entrouverte, et j'ai entendu Dolores mentionner des documents importants qu'il fallait signer. Mais Cressida a secoué la tête.

— À vous entendre, toi et Jackson, les affaires passent avant tout. Mais je dois d'abord retirer ces vêtements. Donne-moi une minute, l'ai-je entendue déclarer.

Puis elle est entrée dans la caravane.

— Et maintenant, quoi? Pourquoi est-elle entrée là-dedans? ai-je murmuré.

Mais le chauffeur avait remonté la glace entre nous.

J'ai attendu, inquiète, tambourinant des doigts sur la banquette de cuir, regardant par la glace à tout bout de champ, les yeux rivés sur l'avant de la caravane et me demandant quand Cressida allait en sortir.

Dolores attendait également, les traits tendus. Elle s'était assise sur un banc de bois, s'agitait impatiemment et brassait les documents posés sur ses genoux.

Au bout d'un moment, j'ai saisi du coin de l'œil un mouvement à l'arrière de la caravane. Quelqu'un ouvrait une fenêtre. Une tête blonde coiffée d'une casquette sombre s'est glissée à l'extérieur. Cressida! Elle s'est faufilée par la fenêtre; d'abord les pieds, puis les jambes et hop!

Elle s'est laissée tomber sur le sol, vêtue d'un jean noir ajusté et d'un ample T-shirt jaune sous un coupe-vent sombre. Pliée en deux, elle s'est hâtée vers nous en jetant des coups d'œil autour.

Puis, Cressida s'est glissée dans la limousine avec un rire ravi en s'exclamant:

— *J'ai réussi!*

— On dirait bien!

J'ai ri avec elle, et nous riions encore lorsque le chauffeur a fait démarrer la limousine.

J'ai lancé un dernier regard vers l'avant de la caravane, où Dolores attendait toujours. Les bras croisés en signe d'impatience, elle a froncé les sourcils sur sa montre et a tapé du pied.

Elle va attendre longtemps.

Cressida m'a pris la main.

— Mon plan a marché, a-t-elle déclaré avec enthousiasme.

— On dirait bien. Vous êtes libérée de cette femme autoritaire.

— De même que de Jackson et de tous ceux qui s'entêtent à diriger ma vie. J'ai l'intention de profiter de ma liberté pour m'amuser. Avec toi. Prête à l'aventure ?

— Que voulez-vous dire ?

— Ah ! C'est une surprise ! Tu ne devineras jamais où nous allons !

CHAPITRE 9

Où un mannequin chic allait-il s'amuser?

C'est la question que je me posais tandis que la limousine roulait.

— Allons-nous au cinéma? ai-je demandé à Cressida tandis que la sono nous renvoyait les vibrations sourdes du rock de Ravage.

J'ai décapsulé une nouvelle bouteille d'eau aromatisée. Cette fois, mon choix s'était porté sur le parfum de fraise et citron vert.

— Non. Pas au cinéma.

Cressida a souri et avalé une gorgée de son soda diète.

J'ai songé aux endroits où Mère m'emmenait lorsque j'étais plus jeune.

— Une galerie d'art? Un musée? Un observatoire?

Cressida a secoué la tête tout en retirant sa casquette de manière à laisser retomber ses cheveux blonds sur ses épaules gracieuses. Même vêtue d'un jean et d'un T-shirt, elle était superbe.

La limousine a viré à droite, loin de la circulation dense, en direction d'une zone industrielle plus calme où de grands entrepôts s'élançaient vers le ciel. L'endroit m'était inconnu, ce qui a piqué ma curiosité.

— *Où* allons-nous ?

Cressida a plissé les lèvres d'un air mystérieux en secouant la tête.

— Tu le sauras bientôt. Par ailleurs, je préférerais que tu me parles de *toi*. Notre ressemblance me stupéfie encore. Tu as même un grain de beauté sur le cou, exactement là où j'en ai un. Incroyable !

— Ce n'est pas si incroyable que ça, ai-je dit prudemment. J'ai été adoptée, donc nous sommes peut-être parents.

— J'en doute.

Elle a posé son soda sur une tablette et m'a adressé un doux sourire.

— Je n'ai pas eu d'enfant. Ma sœur cadette n'est pas encore mariée et les enfants de mes frères sont tous très jeunes. Chaque année, nous organisons une grande fête familiale, je le saurais donc si nous étions parents.

— Nous le sommes peut-être de loin.

— C'est possible, je suppose. Que sais-tu de tes parents biologiques?

Dites plutôt *parent*, au singulier, ai-je songé pince-sans-rire. J'ai inspiré profondément, me demandant si je devais lui dire la vérité.

Je souhaitais qu'elle le sache, mais j'avais promis au professeur Fergus de me taire. Mais Cressida n'était pas *n'importe qui*. Elle était comme moi. Pourtant, je ne la connaissais pas assez bien pour lui confier un secret aussi grave. Pas encore, du moins.

— Mlle Ray, désolé de vous interrompre.

La glace teintée nous séparant du chauffeur était entrouverte de quelques centimètres.

— Nous avons un problème.

— Lequel?

Cressida a levé les yeux, instantanément aux aguets.

— Regardez derrière. La fourgonnette verte, a-t-il dit d'une voix lugubre. On dirait Dominique.

— Dominique? ai-je interrogé en pivotant sur mon siège.

Il y avait bel et bien une fourgonnette verte dont le chauffeur solitaire se trouvait dans l'ombre.

— Dominique! Encore! a fait Cressida en frappant ses mains sur ses cuisses. Je croyais l'avoir laissée à Los Angeles. Elle ne renoncera donc jamais ?

— Qui est-ce ? ai-je voulu savoir.

— Une emmerdeuse.

Cressida a froncé les sourcils alors que nous négocions un nouveau virage, suivis de la fourgonnette verte.

J'ai crispé la main sur ma boisson à la fraise.

— Que se passe-t-il ?

— Rien d'inquiétant, c'est juste embêtant.

Elle s'exprimait avec légèreté, mais je connaissais trop bien mes propres réactions pour ne pas déceler de l'inquiétude dans son regard.

— Dominique Eszlinger — que j'ai surnommée « la schlingueuse », car c'est une fouille-merde — pond des mensonges pour une feuille de chou nommée *EXPOSÉ* !

— Oh, je connais ce magazine. Il est truffé d'histoires insensées, par exemple sur la réincarnation d'Elvis ou un défilé de mode pour extraterrestres obèses.

J'aimais bien lire des articles sur des sujets bizarres, mais *EXPOSÉ !* était beaucoup trop délirant. Même leurs prévisions météorologiques étaient de pures inventions.

Et si Dominique avait découvert que j'étais le clone de Cressida ?

— Accrochez-vous ! s'est écrié le chauffeur, et la voiture s'est brusquement déportée et a fait demi-tour dans un crissement de pneus.

De l'eau à la fraise et au citron vert a jailli de ma bouteille et m'a aspergé la figure. Pouah !

— Prends cette serviette, m'a offert Cressida, dont pas une seule goutte du soda qu'elle tenait d'une main ferme n'avait éclaboussé les vêtements. Nous pouvons compter sur Leo. Il travaille pour moi depuis vingt ans et c'est un chauffeur exceptionnel.

— Pourquoi est-il si empesé ? ai-je demandé en lançant un regard curieux vers le siège avant, mais à voix basse, car la glace de séparation était entrouverte.

— Leo est un tantinet protocolaire, sans doute en raison de son passé militaire, mais c'est un père pour moi. Je lui confierais ma vie, et tu le peux également.

Cressida s'est retournée pour regarder par la lunette arrière et a souri.

— Regarde ! La fourgonnette a disparu !

J'ai regardé derrière. Pas de trace de la fourgonnette. Grand soulagement ! Je n'avais vraiment pas besoin que mon passé de clone soit exposé dans *Exposé* !

Quelques pâtés de maisons plus loin, la limousine a ralenti devant un grand édifice industriel de couleur grise.

— Nous y sommes! a lancé Cressida. Que l'aventure commence!

— L'aventure? Dans un entrepôt?

— Regarde mieux.

Elle a montré du doigt un petit panneau vissé sur le coin avant de l'édifice et sur lequel on pouvait lire : Rock Climbing Castle, escalade intérieure extrême.

— Waouh! ai-je murmuré.

Cressida ne plaisantait pas en parlant d'aventure. Je n'avais jamais fait d'escalade auparavant, mais cela semblait génial.

Pas de doute, Cressida était décidément une version adulte de moi-même : impulsive, vivant dans le présent, aimant les divertissements hors du commun. Physiquement, cependant, elle semblait fragile. Dommage qu'elle n'ait pas bénéficié à sa naissance de la formule Enhance-X25 qui m'avait dotée d'une force exceptionnelle. Il était à espérer qu'escalader ne l'épuiserait pas.

Nous sommes sorties de la limousine et dirigées vers l'édifice. En gloussant, Cressida m'a entourée de son bras comme si nous étions de grandes amies ou de la même famille. J'ai ressenti une folle envie. L'envie que Cressida et moi *soyons* de la même famille, des sœurs, ou mieux encore, une mère et sa fille.

— J'ai toujours voulu tenter ce genre d'expérience. Cela va être génial.

Cressida a tiré de son sac une poignée de billets qu'elle a tendus au caissier. En échange, on nous a remis une paire de chaussons d'escalade souples, mais usés à la corde et crottés. Et si Cressida s'est étonnée que nous ayons toutes deux le pied étroit et chaussions la même taille, cela n'a pas été mon cas.

Je n'avais jamais vu auparavant un endroit où l'on faisait de l'escalade à l'intérieur, et j'ai été extrêmement impressionnée par l'extraordinaire château de pierre grise. Un dédale de parois fabriquées de main d'homme s'élevaient tout le long de la vaste structure. La plupart des parois étaient aussi verticales que des soldats au garde-à-vous, mais certaines adoptaient des angles bizarres, s'inclinaient, s'incurvaient, sinuaient.

Toutes les parois étaient dotées de saillies créées spécialement, certaines en forme de demi-lune, d'autres en forme de trèfle ou de cœur. Le plafond lui-même était hérissé de saillies représentant un véritable défi. Un téméraire s'y balançait à l'envers, sa corde de rappel tenue d'une main ferme par un copain.

Nous avons suivi une instructrice nommée Rebekah jusqu'à une paroi en pente douce, l'équivalent d'une « piste pour débutants » dans une station de ski. Rebekah a déclaré d'un ton taquin que nous étions jumelles, ce qui a fait rayonner Cressida, mais m'a causé un malaise. Je ne pouvais courir le risque d'être remarquée. Angoissée, j'ai regardé autour, mais personne ne semblait nous prêter attention.

Rebekah nous a donné quelques directives, nous montrant comment pousser sur la paroi avec nos pieds pour nous retrouver en position assise, suspendues à la corde de rappel. Elle nous a recommandé de poser les pieds sur les saillies et de chercher de la main une prise solide.

Cela ne semblait pas très difficile, d'autant que Rebekah m'avait aidée à boucler correctement le harnais autour de ma taille. Cressida m'a invitée à passer devant, et je n'ai pas hésité. Tandis que le moniteur assurait ma corde de rappel, j'ai grimpé comme un singe, atteignant le sommet en moins d'une minute.

— Hé, c'est drôlement amusant ! ai-je lancé vers le bas, en repoussant la paroi de mes pieds pour glisser jusqu'au sol. À vous, maintenant.

— Et comment ! a répliqué Cressida qui accrochait déjà la corde de rappel à son harnais et tendait la main vers une saillie en forme de cœur.

Mais ses jambes se sont écartées selon un angle bizarre et ses doigts ont glissé. Lorsqu'elle s'est hissée pour agripper une nouvelle saillie, ses pieds se sont balancés comme deux vers flasques au bout d'un hameçon.

— Je… je vais y arriver.

Cressida a résolument serré les dents. Elle a fait une nouvelle tentative, s'élevant de quelques mètres au-dessus du sol. Les doigts crispés sur la saillie, elle s'est hissée un peu plus haut. Ses jambes tremblaient, ses lèvres bleuissaient, et elle haletait. L'escalade l'épuisait.

— Vous devriez peut-être redescendre, ai-je dit sentant qu'un truc ne tournait pas rond.

— Non, a-t-elle haleté. Je… je vais… y arriver.

Je n'en étais pas aussi certaine et, manifestement, l'instructrice se faisait du souci, elle aussi. Mais Cressida a continué de grimper, le teint blanc comme de la craie et le souffle de plus en plus court.

Au moment où elle atteignait le sommet, quelqu'un a crié « Cressida ! Au nom du ciel, que fais-tu ? »

Saisie, Cressida a perdu pied. Elle a dérapé et est tombée, ses bras battant l'air. Heureusement, sa chute a été brève ; elle a été freinée par son harnais. Avec un hoquet étranglé, elle est restée dans les airs, à se balancer d'avant en arrière.

J'ai pivoté et j'ai vu Dolores se précipiter vers nous. Elle semblait à la fois furieuse et horrifiée. Que faisait-elle ici ? Et elle n'était pas seule. Avançant à grands pas à côté d'elle se trouvaient l'ex-mari et agent de Cressida, Jackson, et sa fille Sarah Ann.

Dolores m'a brutalement saisi le bras.

— À quoi pensais-tu ? a-t-elle demandé. Tu veux la tuer ?

— Mais non !

Sous le choc de l'accusation, ma mâchoire s'est décrochée.

— Je… je… Nous nous amusions, c'est tout.

— Ce genre d'amusement risque d'envoyer Cressida à l'hôpital.

Dolores m'a jeté un regard noir, puis a lâché mon bras et s'est précipitée vers Cressida pour l'aider à se défaire de son harnais.

— Elle va bien ? a demandé Jackson, le regard attentif et inquiet.

— Bien sûr qu'elle va bien. Elle escaladait une paroi, pas le mont Everest, ai-je répondu d'un ton sarcastique. Votre réaction est excessive.

— Nous lui avons sans doute sauvé la vie, a sèchement riposté Dolores.

— De quoi parlez-vous ? ai-je fait en plissant le front. Ce n'est pas dangereux, faire de l'escalade.

— Pour la plupart des gens, ça ne l'est pas, a dit l'ex-mari. Mais Cressy n'a jamais été comme la plupart des gens.

Soudain, il a cillé et m'a observé avec stupéfaction. Il a ensuite regardé Cressida avant de reporter son regard sur moi.

Au lieu de s'adresser à moi, il est allé rejoindre Dolores qui se trouvait avec Cressida.

— Pourquoi ne me l'as-tu pas dit ? l'ai-je entendu interroger. Elle est tout le portrait de Cressy !

— Ce n'était pas important, a rétorqué la gérante dont l'expression s'est adoucie quand elle s'est tournée vers Cressida.

J'ai senti une petite tape sur mon épaule et trouvé Sarah Ann qui m'examinait.

— C'est vrai que tu ressembles à Cressida, m'a-t-elle dit en recoiffant ses courtes boucles rousses. Qui es-tu ?

— Allison Beaumont. Et tu es Sarah Ann.

— Ouais. Belle-fille numéro 1, a-t-elle souri. Bon, que se passe-t-il entre toi et belle-maman chérie ?

— Je n'ai fait la connaissance de Cressida qu'hier.

— Ouais, bien sûr.

Ses yeux noisette ont cillé avec incrédulité.

— N'es-tu pas un peu jeune pour être l'une de ses admiratrices siphonnées ? Tu t'es fait refaire la figure afin de lui ressembler ?

— Pas du tout ! C'est une coïncidence.

— Même ta *voix* ressemble à la sienne, a-t-elle reproché. Pas étonnant qu'elle se soit enfuie avec toi. Je suppose que tu veux être mannequin. Comme tout le monde.

— Non.

J'ai secoué la tête, en jetant un coup d'œil à Cressida qui discutait avec sa gérante et son agent d'une voix calme mais furieuse. Reportant mon attention sur Sarah Ann, j'ai répondu avec fermeté :

— Je ne veux pas le moins du monde être mannequin. J'aime travailler dehors, construire des trucs. Je ne me maquille pour ainsi dire jamais.

Sarah Ann a froncé les sourcils.

— Avec un visage comme celui de Cressida, tu n'as pas besoin de te maquiller. J'ai tellement de taches de rousseur qu'il me faut un tube entier d'anticernes pour les masquer. Ma mère m'a fait faire un peeling, mais cela n'a eu aucun effet. Mais si tu ne veux pas être mannequin, que fais-tu avec Cressida ?

— Elle m'a invitée.

C'était vrai, mais Sarah Ann a quand même eu l'air étonnée.

— Tu es de sa famille? J'ai entendu dire qu'elle avait une nièce, mais je croyais qu'elle était encore gamine.

Je ne savais pas quoi répondre, c'est donc avec soulagement que j'ai vu les autres s'avancer vers nous.

Cressida avait les épaules basses et la mine grave.

— Désolée, Allison, a-t-elle dit calmement, mais nous devons partir.

— Vous allez bien?

Elle avait le teint affreusement livide et les lèvres encore bleutées.

— Je vais bien, je suis juste un peu fatiguée.

Elle a jeté un regard anxieux à sa gérante et à son agent qui la flanquaient comme des gardes du corps.

— Je suis navrée que nous ne puissions pas rester.

— Hé, nous nous sommes quand même bien amusées pendant un moment.

— Bien sûr. Et j'ai même atteint le sommet, a dit Cressida avec fierté.

— Vous avez été formidable, ai-je répondu en me contraignant à lui sourire avec entrain.

On pourra peut-être remettre ça lorsque vous reviendrez par ici.

Dolores a lâché un « hum ! » laissant entendre que ce ne serait pas de sitôt.

Cressida a tendu la main pour presser la mienne, mais le pauvre sourire qu'elle m'a adressé n'a pas atteint ses yeux. Un truc ne tournait pas rond. Mais quoi ? Pourquoi laissait-elle ces gens la bousculer ainsi ? Elle était une mannequin vedette ; ils n'étaient que ses employés.

Avec un soupir, j'ai rendu les chaussons de location et suis allée récupérer mes chaussures. Mais lorsque j'ai regardé sous le banc où je les avais laissées, elles n'y étaient plus.

— C'est bien ma veine, ai-je grommelé, en me penchant pour explorer le sol.

Mais mes chaussures n'étaient nulle part. Par-dessus le marché, c'était mes bottillons de toile préférés.

J'ai fouillé sous les autres bancs. Rien. Mais en regardant par la grande fenêtre de la façade, j'ai aperçu à mon grand étonnement l'une de mes chaussures perchée sur un des poteaux de la clôture.

D'un air soupçonneux, j'ai regardé des gosses qui ricanaient dans un coin tout en laçant leurs chaussons d'escalade. Était-ce eux, les responsables? Était-ce là leur conception d'une bonne blague?

Les sourcils froncés, j'ai brusquement ouvert la porte avant et me suis élancée à l'extérieur. J'ai récupéré ma chaussure sur le poteau, puis ai cherché du regard sa jumelle. Je ne l'ai pas vue, mais j'ai aperçu sur l'aire de stationnement Cressida qui montait dans la limousine. Elle m'a fait signe de me hâter. Je lui ai montré du doigt mes pieds puis la chaussure célibataire, et lui ai crié que je n'en avais que pour quelques minutes.

J'ai été tentée de retourner à l'intérieur et d'aller étrangler ces sales gamins. Si je ne retrouvais pas bien vite ma chaussure, il me faudrait partir sans elle. De toute évidence, elle n'était pas à l'avant de l'édifice. Je me suis donc rendue sur le côté, une étendue de terre desséchée et de pierres, de cartons et de poubelles dégueulasses.

J'étais sur le point de laisser tomber lorsque j'ai aperçu ma chaussure.

Elle trônait beaucoup plus loin sur une grosse pile de cartons aplatis abandonnés contre une clôture chaînée. Des chardons et des mauvaises herbes se sont accrochés à mes chaussettes tandis que j'avançais précautionneusement sur le sol desséché. Entendant un coup de klaxon au loin, j'ai souhaité que Cressida ne parte pas sans moi.

«*J*'y suis presque», ai-je songé en contournant des débris de verre.

Ce terrain vacant allait sans doute accueillir un édifice un jour, mais pour l'instant, ce n'était qu'un terrain vague.

Le pied posé à la lisière des cartons aplatis, j'ai tendu le bras vers ma chaussure. Mais elle était trop haute. Je me suis prudemment avancée sur les cartons et j'ai de nouveau allongé le bras. Encore trop loin. J'ai donc fait un pas de plus, tendant le bras le plus loin possible. Cette fois, mes doigts ont attrapé le lacet. *Oui!*

J'ai tiré fermement sur celui-ci — et j'ai vacillé sur mes pieds.

J'ai entendu un craquement, les cartons ont glissé, se sont affaissés puis enfoncés. J'ai poussé un cri, mes bras ont battu l'air. Je n'ai rien trouvé à agripper, tandis que le sol s'ouvrait sous moi. Je suis tombée… tombée… tombée — jusqu'à ce que j'atterrisse avec un bruit sourd dans les ténèbres.

CHAPITRE 10

Lorsque j'ai repris connaissance, ma tête était douloureuse, j'avais mal partout et j'ignorais combien de temps s'était écoulé depuis ma chute.

Un souffle glacial courait sur ma peau, et j'ai frissonné. J'ai inspiré lentement pour tenter de retrouver mon calme, mais l'odeur fétide de la terre humide m'a soulevé l'estomac.

Où étais-je ?

J'ai entendu les cartons chiffonnés crisser sous mes pieds. En allongeant le bras, j'ai constaté que ma prison de terre était ronde et étroite, peut-être les vestiges d'un ancien puits. Mais je ne voyais rien. J'avais beau regarder vers le haut, vers le bas, d'un côté puis de l'autre, il n'y avait pas de lumière. Je sentais mes chaussures entre mes mains, mais je ne les distinguais pas dans l'obscurité.

Dans quel horrible trou étais-je tombée ? Et pourquoi ne se portait-on pas à mon secours ? Depuis le temps, Cressida avait bien dû se rendre compte que j'avais disparu ? Où donc était-elle ?

La panique m'a envahie. J'ai commencé à crier.

— AU SECOURS !! AU SECOURS !!! SORTEZ-MOI DE LÀ !

J'ai crié pendant un moment qui m'a paru des heures. À maintes reprises, j'ai frappé de mes poings les solides parois de terre, faisant suivre chaque coup d'un cri, mais mes cris n'ont récolté que leur propre écho.

J'étais toute seule.

Dans l'obscurité.

Piégée.

Et maintenant ? *Comment m'échapper ?* Je me suis écroulée sur le sol et j'ai enfoui mon visage dans mes mains. Des larmes ont ruisselé, chaudes sur mes paumes. Mes tremblements se sont accentués.

Je ne comprenais pas pourquoi Cressida n'était pas venue à mon secours. Elle ne pouvait tout de même pas m'avoir abandonnée. *Le pouvait-elle ?*

Bien sûr que non! Nous étions des âmes sœurs. Nous avions le même ADN et jamais *je* n'abandonnerais un ami. Mais Cressida m'avait paru affreusement pâle et faible. Peut-être était-elle physiquement incapable de se porter à ma rescousse. Ou pire encore — se pouvait-il qu'elle ait également des ennuis?

Ce nouveau sujet d'inquiétude m'a insufflé une nouvelle vigueur. Puisque je ne pouvais miser sur une aide extérieure, j'allais devoir me débrouiller toute seule. *Mais comment?* me suis-je demandé en maniant maladroitement mes chaussures, les enfilant à tâtons et parvenant même à les attacher.

«*Réfléchis, Allison!* m'a pressée une voix à l'intérieur de moi. *Ce n'est pas le moment de pleurnicher et d'être mollassonne. Redresse-toi et trouve une issue.*»

Eh bien, la seule issue se trouvait là-haut. C'est donc dans cette direction que j'irais. Mais sur quelle distance allais-je devoir grimper? Se mesurait-elle en centimètres, en mètres ou en kilomètres? Quoi qu'il en soit, puisqu'il me fallait grimper pour sortir d'ici, aussi bien m'y mettre tout de suite.

Ce que j'ai fait.

Cette escalade dans le noir s'est faite sans le soutien de saillies artificielles et d'une corde de rappel. Il n'était pas facile de trouver une prise ferme dans la paroi de terre rugueuse, mais je ne pouvais pas abandonner.

Allongeant les bras le plus loin possible, j'ai exploré la paroi en quête d'un truc solide auquel m'agripper. La terre s'effritait. Mes doigts glissaient. J'ai fait une nouvelle tentative, empoignant une protubérance rocheuse, me servant de ma force pour me hisser, attrapant une racine pendante, jusqu'à ce que mon crâne heurte une surface dure.

J'étais arrivée en haut.

Mais un obstacle lourd bloquait la sortie. En palpant l'objet rugueux, dur, j'ai compris qu'il s'agissait d'une dalle de béton qui, tel un bouchon de liège, me retenait prisonnière dans la terre. Comment cette dalle avait-elle abouti là ? Une lourde dalle n'apparaît pas comme ça.

Quelqu'un avait muré l'ouverture.

M'avait piégée à l'intérieur.

Sciemment.

CHAPITRE 11

J'ai combattu l'envie de me mettre à crier hystériquement et de me rouler en boule dans ce cercueil de terre.

Je n'allais pas renoncer, oh que non. J'étais d'une nature trop impatiente pour ce genre d'imbécillité. En outre, j'étais d'une autre trempe : de la trempe Enhance-X25 pour être exacte. N'empêche que je me sentais un tantinet inquiète.

« Cher pouvoir, ne me laisse pas tomber ! »

Je me suis arc-boutée et j'ai repoussé la lourde masse. Pour moi, cette dalle épaisse était aussi légère qu'un caillou. Dans un affreux raclement et une pluie de mottes de terre, le béton s'est soulevé.

J'ai cligné, les larmes aux yeux, sous la vive lumière du jour. Tout en essuyant mes larmes, je me suis regardée. J'étais dans un sale état ! J'avais les mains meurtries et éraflées sous une épaisse couche de terre. Mes vêtements étaient également maculés de terre. Et j'imaginais sans peine de quoi avait l'air ma figure.

Mais j'étais vivante. Et j'étais libre ! Dieu merci !

J'ai quitté le terrain vague. En tournant précipitamment le coin de l'édifice, j'ai découvert avec joie que la limousine attendait sur l'aire de stationnement. Je le savais bien que je pouvais compter sur Cressida !

Et voici qu'en me voyant, elle s'est élancée vers moi. Elle a agité la main et trépigné de joie.

— Allison ! Que t'est-il arrivé ? Pourquoi es-tu dans cet état ?

— Je suis tombée, ai-je avoué avec un léger frisson.

— Ça va ? J'étais si inquiète !

Elle m'a entourée de ses bras, m'a serrée bien fort.

— Je suis trop sale, ai-je fait en me dégageant, embarrassée d'avoir sali ses vêtements. Je… j'ai eu un accident. Enfin, je crois.

— Pauvre chérie ! Nous t'avons cherchée partout ! J'étais sur le point de téléphoner à la police.

Elle m'a conduite à la limousine, sans paraître se soucier de ma saleté.

— Que s'est-il passé?

— Je suis tombée dans un trou.

Je parlais lentement, le désarroi s'emparant de moi et troublant mes pensées. Que *s'était*-il passé? Peut-être s'agissait-il d'un accident. Mais dans ce cas, comment expliquer la présence de la dalle de béton? Et si je mentionnais la présence de la dalle, comment allais-je expliquer le fait que j'aie eu la force de la repousser?

— Comment est-ce arrivé? Tu vas bien?

Je n'étais pas du genre stoïque et silencieux, mais Cressida était encore plus pâle que tout à l'heure et je ne voulais l'inquiéter. Je me suis donc contrainte à sourire faiblement et lui ai raconté que ce n'était qu'un malheureux accident.

— Je vais bien. Je veux juste rentrer chez moi et me faire tremper dans un bain chaud.

— Tu en es certaine? s'est-elle inquiétée gentiment tout en me guidant vers la limousine.

— Ouais. Un peu de terre n'a jamais tué personne.

— Pourvu que tu sois saine et sauve. J'avais peur de ne pas te retrouver. Et peux-tu croire que Dolores et Jackson n'ont pas voulu participer aux recherches? D'ordinaire, je me fie à

leur jugement, mais leur attitude m'a sérieusement irritée. Je leur ai ordonné de rentrer à
l'hôtel.

— Vraiment?

— Ouais. Je n'aurais sans doute pas dû
perdre mon calme, mais ils jugeaient que je
m'inquiétais inutilement. Dolores a eu l'audace
de dire que tu étais sans doute partie avec des
amis, et Jackson a acquiescé. Mais je savais que
tu ne partirais pas sans me le dire.

— Pourquoi en étiez-vous si certaine?

J'ai sondé son regard, en me demandant si
elle entretenait des soupçons sur ma naissance.

— Nous avons fait connaissance hier. Je
suis peut-être complètement cinglée.

— Si tu es cinglée, tu es une cinglée loyale,
a-t-elle fait avec un petit rire. Comme moi.

— Ouais. Comme vous. Tout à fait comme
vous.

Nous arrivions à la limousine, et le chauffeur en est sorti pour nous ouvrir la portière
arrière. Il n'a pas posé de questions, mais son
regard curieux s'est attardé sur moi. Il a ensuite
plongé la main dans un compartiment arrière
et m'a tendu une trousse de premiers soins et
une serviette. La serviette bleu clair était mar-
brée de taches sombres, comme s'il l'avait
utilisée pour lustrer le chrome ou essuyer le

pare-brise. Néanmoins, je lui en ai été reconnaissante, tout en me demandant si Leo se montrait bienveillant ou s'il ne voulait pas que je souille sa limousine.

Après avoir nettoyé mes mains, ma figure et mes vêtements, je me suis adossée au siège, envahie par une impression de déjà-vu. J'avais été victime d'un accident hier, et j'avais survécu à un second aujourd'hui. Étais-je devenue empotée, ou s'agissait-il d'autre chose que d'une simple coïncidence ? Et cela avait-il un lien avec les Victor et l'expérience de clonage ?

Le coup de fil qu'avait reçu le professeur Fergus hier soir l'avait tellement bouleversé qu'il n'était toujours pas sorti de son bureau ce matin. J'ignorais de quoi le docteur Victor l'avait menacé, mais j'imaginais que c'était terrifiant. Ce type était un vrai psychopathe. Selon sa logique tordue, la seule façon de rectifier l'échec de l'expérience de clonage consistait à en éliminer les fruits : Varina, Eric, Chase, Sandee et moi.

Ou peut-être Geneva Victor tentait-elle de s'emparer encore une fois de l'un des clones afin d'en faire un cobaye. Mais délaisserait-elle son existence confortable et luxueuse pour me lancer des bardeaux sur la tête ou jouer à cache-cache avec ma chaussure ? Par ailleurs, Dustin avait déclaré que la personne qu'il avait vue sur le toit était un homme, pas une femme. Avait-elle chargé un type de me tuer ?

Je ne savais quoi penser, et j'avais peur.

— Je suis navrée que la journée ne se soit pas déroulée comme je le prévoyais, a dit Cressida quand la voiture a démarré.

— Ce n'était pas votre faute.

— Pas directement, mais je n'aurais pas dû laisser la brochure du Rock Climbing Castle dans ma caravane. C'est ainsi que Dolores nous a retrouvées.

Elle m'a adressé un demi-sourire empreint de tristesse et de regrets.

— Eh bien, je me suis tout de même drôlement amusée à faire de l'escalade, même si cela a été bref.

Je lui ai lancé un regard acéré.

— Mais je ne comprends pas pourquoi vous laissez votre gérante diriger votre vie. Dolores ne travaille-t-elle pas pour vous ?

— Oui, mais c'est plus compliqué que ça.

Son regard s'est égaré par la fenêtre, ses longs cheveux blonds lui masquant un côté de la figure. Lorsqu'elle s'est retournée vers moi, j'ai décelé une certaine hésitation dans ses yeux sombres.

— Tu vois, je dois beaucoup à Dolores.

— D'accord, c'est une bonne gérante et elle contribue à votre succès. Cela ne veut pas dire que vous devez lui obéir.

— Elle ne fait que veiller sur moi. Elle ne veut pas que j'aie mal.

— Faire de l'escalade ne peut pas vous faire de mal.

— Je le sais, mais Dolores s'inquiète, et avec raison.

La lèvre inférieure de Cressida a tremblé. Puis elle a ajouté :

— Je devrais peut-être te révéler mon secret.

Un secret ? À ce mot, mon cœur a bondi et tressailli d'espoir. Peut-être était-elle au courant de l'expérience de clonage.

Mais je me trompais.

Le secret de Cressida n'avait rien à voir avec moi.

CHAPITRE 12

La limousine a ralenti, coincée dans un bouchon causé par des travaux de construction, et
j'ai dû m'incliner pour entendre Cressida me
révéler son secret dans un murmure.

— Je ne veux que Leo entende. Il est comme
un père pour moi et il se ferait du souci, a-t-elle
confessé. C'est déjà assez triste que Dolores soit
au courant, mais comme elle est ma gérante, il
ne pouvait en aller autrement.

— De quoi s'agit-il ?

— L'an passé, j'ai failli mourir.

— Mourir, ai-je hoqueté. Comment ?

Elle a porté la main à sa poitrine.

— J'ai le cœur faible. Depuis toujours.

— Que voulez-vous dire ?

— Je suis née avec un cœur malade. Les médecins croyaient que je ne vivrais pas longtemps, mais je leur ai donné tort. Et jusqu'à il y a un an, hormis quelques accès de fatigue, j'ai joui d'une vie normale.

Elle a inspiré profondément, les lèvres toujours bleutées en dépit de son brillant à lèvres orangé.

— Mais l'an passé, durant le tournage d'une publicité où je devais courir sur la plage, je me suis évanouie.

— Non !

Elle a gravement hoché la tête.

— Lorsque j'ai repris connaissance, je me trouvais à l'hôpital. Et j'ai ensuite découvert que l'état de mon cœur s'était aggravé. On m'a prévenue que si je n'y allais pas doucement, mon cœur lâcherait. Donc, je fais attention… la plupart du temps, a-t-elle ajouté avec un petit sourire moqueur. Sauf aujourd'hui. J'avais envie de tout oublier et de m'amuser. Tu comprends ?

— Bien sûr.

J'ai croisé les jambes, me suis tortillée sur mon siège, pesant mes mots.

— Mais vous êtes si resplendissante, vous ne semblez pas malade ni rien de ce genre. Je n'arrive pas à croire que vous avez failli mourir.

— Crois-moi, a-t-elle rétorqué en poussant un gros soupir. Je ne peux que me réjouir que Jackson et Dolores aient réussi à le cacher à la presse. Imagine si Dominique « la schlingueuse » découvrait que je suis à un cheveu de figurer sur une liste de patients en attente d'un donneur d'organe ? Elle en tartinerait toute son abominable feuille de chou !

— Et malgré cela, vous me l'avez dit, dis-je, émerveillée, avec un sentiment croissant d'affection. C'est très important. Et je vous promets de ne pas en souffler mot à quiconque.

— Merci.

Elle a allongé le bras pour me presser la main.

— Tu es spéciale, Allison. Je n'ai jamais rencontré quelqu'un comme toi.

— Mais oui ! ai-je rétorqué sans pouvoir retenir un sourire.

— Ne sois pas modeste. Malgré les contretemps, cette journée a eu beaucoup d'importance pour moi. J'aurais tant aimé ne pas avoir à partir si vite.

— Ouais. Nous aurions pu aller sauter en parachute ou faire du saut à l'élastique.

Voyant son expression effarée, j'ai ri et ajouté bien vite :

— Je plaisante. Mais je ne plaisantais pas en affirmant que j'aimerais que vous restiez plus longtemps.

Lorsque la limousine a ralenti pour tourner dans ma rue, nous étions toutes les deux silencieuses. Nos adieux ont été difficiles, mais j'ai réussi à sourire et à dissimuler ma tristesse. Bien qu'elle m'ait promis que nous nous reverrions, je savais que cela ne se produirait pas. Elle était beaucoup trop occupée à être « Cressida » et je devais aller en classe le lendemain.

Puis, la limousine a disparu au bout de la rue, emportant mon âme sœur loin de moi et de mon existence.

— OK. Retour à la réalité, me suis-je dit d'une voix ferme en entrant chez moi.

J'ai réfléchi à la façon dont j'allais occuper le reste de la soirée. J'avais le choix entre un devoir d'algèbre, mon émission de télé préférée et la lecture du dernier *Hard Hat Digest*. Mais j'irais d'abord tremper dans un voluptueux bain brûlant avec de l'huile à la fraise suivi d'un hydratant pour le corps au miel et à la rose. Puis, je raconterais à mes amis mon expérience de mort imminente.

Lorsque je suis entrée dans le hall, en regardant autour, j'ai tout de suite senti un changement. J'ai jeté un coup d'œil dans le salon, qui était désert, mais en meilleur état. Les caisses avaient disparu, remplacées par un mobilier, des étagères, des tableaux et des objets décoratifs. En descendant le couloir, j'ai aperçu encore des tableaux de même que des portraits de famille des Fergus. On s'était drôlement activé durant mon absence.

— Hé, je suis rentrée ! me suis-je écriée, constatant que la porte du bureau du professeur Fergus était close, tout comme celle de la chambre communicante.

Mais celle de la chambre d'en face, qui était en fait la chambre d'amis, était ouverte. Et un coup d'œil à l'intérieur m'a permis de voir une valise marron et quelques boîtes dispersées sur le dessus-de-lit de chenille verte.

— Il y a quelqu'un ? ai-je de nouveau crié.

Cette fois, une voix étouffée m'a répondu, et la porte du bureau du professeur Fergus s'est brusquement ouverte.

— Ce n'est pas trop tôt, Allison, a fait Eric en retenant légèrement la porte de sa main à la peau sombre.

Il a sursauté et m'a regardée fixement.

— Allison ! Que s'est-il passé ? On dirait que tu as participé à un combat de lutte dans la boue.

— Presque. Mais heureusement, je n'ai pas perdu.

— Tu n'as rien, n'est-ce pas ?

— Rien qu'un bain chaud ne pourra rectifier.

J'ai jeté un coup d'œil à l'intérieur de la pièce et j'y ai vu trois personnes au visage familier installées dans des fauteuils autour du bureau du professeur Fergus : Varina, son oncle et Chase.

« Chase Rinaldi est ici ! »

Folle de joie, j'ai crié son nom d'une voix perçante et me suis précipitée vers lui. Il avait toujours été d'humeur un peu sombre et imprévisible ; le fait d'avoir perdu ses parents et découvert qu'il était un clone l'avait perturbé. Mais j'étais ravie qu'il soit là. Cela faisait des mois que je ne l'avais vu.

— Quand es-tu arrivé ?

J'ai fait un geste pour l'étreindre, mais me suis vite rétractée en me rappelant mes vêtements maculés de terre. Je me suis donc contentée de trépigner de joie.

— Pourquoi ne nous as-tu pas annoncé ton arrivée ? Est-ce que cela veut dire que tu emménages ici ? Waouh ! Je suis si contente que tu sois là !

Chase a ri et a lissé une de ses mèches blondes.

— Je suis également très content d'y être. Tu sais comment accueillir un mec, Al. Mais hé, que t'est-il arrivé ?

Varina m'a lancé un regard soucieux.

— Pourquoi es-tu aussi sale ?

— Je suis tombée dans un trou.

— Cela devait être un sacré trou, a marmonné Chase avec un sifflement. Que s'est-il passé ?

— C'est une longue histoire, et avant de vous la raconter, il faut absolument que je prenne un bain chaud. Je suis claquée.

J'ai repoussé mes cheveux et j'ai vu des fragments boueux se détacher de mon crâne. Misère, j'étais vraiment dans un sale état ! Plus le temps avançait, plus ce bain me semblait recommandé.

Mais le professeur Fergus, qui jusque-là s'était contenté d'écouter sans mot dire, s'est raclé la gorge. Il a tapoté le plateau de son bureau avec la gomme d'un crayon et m'a regardée.

— Allison, je te prie de m'excuser de me montrer si insensible. Et je suis impatient d'entendre le récit de ta journée, mais la raison pour laquelle nous sommes tous réunis ici — la raison pour laquelle Chase est venu depuis Reno — est plus pressante.

Son ton était lugubre, et je me suis crispée.

— Quelle raison ?

Varina a posé une main réconfortante sur l'épaule de son oncle et nous a déclaré :

— C'est au sujet du coup de fil d'hier.

— Oui, a acquiescé le professeur Fergus en massant son front plissé. Vous avez sans doute deviné que ce coup de fil venait de mon ancien associé, le docteur Victor.

— Le meurtrier, a dit Chase avec amertume.

Le professeur Fergus a opiné, quatre paires d'yeux fixés sur lui. Et la pièce s'est faite silencieuse, si ce n'est que l'horloge grand-père égrenait les secondes.

— Comme vous le savez, je me sens responsable de chacun de vous, a commencé le professeur Fergus. Et je suis honoré que vous viviez chez moi. Mais je suis conscient que votre vie n'a pas été facile. Et ce remords me pèse lourdement.

— Tu as fait de ton mieux, l'a assuré Varina en lui effleurant le bras.

— Cela n'a pas suffi, a-t-il déclaré avec un soupir. Depuis cette expérience, j'ai appris à apprécier l'aspect humain de la science. Vous, mes enfants, m'avez aidé en ce sens. Toutefois, par souci de votre sécurité, je n'ai pas été tout à fait honnête à votre endroit.

— Que veux-tu dire ? a interrogé Varina.

— J'ai cru que le fait d'ignorer le passé protégerait toutes les personnes impliquées, mais tel n'est pas le cas.

Ses épaules se sont affaissées et ses sourcils grisonnants se sont froncés.

— Une personne qui m'est très chère est peut-être en danger, et je ne sais même pas comment la retrouver. Je me tourne donc vers vous.

— Nous vous aiderons avec joie, a déclaré Eric.

— Sacrément vrai, a renchéri Chase.

Varina et moi avons manifesté notre accord en opinant.

— Merci, a dit le professeur Fergus avec un pauvre sourire. Mais vous devez d'abord connaître la vérité. C'est pourquoi j'ai décidé de vous raconter ce qui s'est réellement passé il y a presque vingt ans de cela, lorsque trois scientifiques ont décidé de créer des clones humains…

CHAPITRE 13

J'ai entouré mes genoux de mes mains croisées et me suis penchée en avant sur mon fauteuil. Depuis que j'avais découvert que j'étais un clone, je mourrais d'envie de connaître les faits entourant ma naissance. En ce moment, j'étais si dévorée de curiosité que j'arrivais à peine à me contenir.

— Avant que la situation s'envenime, le docteur Victor, la docteure Hart et moi travaillions ensemble dans un laboratoire de biologie, a attaqué le professeur Fergus d'une voix grave. On nous avait engagés pour analyser et découvrir des façons susceptibles d'améliorer l'agriculture. Mon principal projet touchait une nouvelle variété d'épinards.

— D'épinards ? a repris Varina avec dégoût. Pouah !

— Pour ma part, j'aime les légumes, ai-je glissé avec fierté.

Le professeur Fergus m'a lancé un petit sourire moqueur.

— Dans un premier temps, cela a été très stimulant. Surtout lorsque la docteure Hart a mis au point l'Enhance-X25. La découverte de Jessica a tout changé.

Le professeur Fergus a tendu la main vers sa tasse de café dont il a avalé une gorgée.

— Jessica a élaboré une formule susceptible de rectifier les anomalies génétiques en matière de clonage nucléaire.

— Qu'est-ce que ça veut dire ? ai-je demandé.

— C'est une formule qui corrige les imperfections génétiques.

Voyant que je signifiais d'un hochement que je comprenais, il a poursuivi.

— Jessica a saisi l'extraordinaire potentiel de sa formule et elle a accepté la proposition de Victor de la tester sur des clones humains. Mais Jessica a refusé de divulguer la nature exacte de la formule, ce qui a provoqué la fureur de Victor. Toutefois, ils ont donné suite à leur plan de travailler ensemble dans un laboratoire secret.

— Sur le yacht, a dit Varina.

— Oui. Jessica se sentait plus énergique près de l'océan et elle a aménagé le yacht grâce au concours d'un mécène anonyme. Par respect pour Jessica, je me suis joint au projet. Je ne l'avais jamais vue aussi excitée, et je me suis laissé emporter par son enthousiasme. Elle pensait découvrir de nouvelles façons de guérir les maladies et d'alléger la souffrance humaine, et elle m'a convaincu que le clonage conduirait à de grandes découvertes sur le plan médical.

— Par exemple, une force exceptionnelle, ai-je déclaré.

— Ou mon incroyable vision, a dit Eric en repoussant ses lunettes afin de stabiliser sa vision.

— Mais posséder des superpouvoirs ne contrebalance pas les désagréments liés au fait d'être un clone, a fait remarquer Chase en plissant les lèvres comme s'il était tenté d'en dire davantage, au lieu de quoi il a sombrement détourné les yeux.

Le professeur Fergus a inspiré profondément et a poursuivi.

— Je considérais le clonage humain d'un point de vue aussi clinique que la reproduction de diverses variétés d'épinards. Mais la création miraculeuse de Chase m'a transformé. Il était censé n'être qu'une expérience à court terme, mais lorsqu'il a serré mon doigt et m'a souri, j'ai compris que je l'aimais comme mon fils.

— Même en sachant d'où provenait mon ADN ? a demandé Chase.

— Je ne connaissais pas l'identité exacte du donneur, mais je savais de quel genre de personne il s'agissait, a-t-il dit prudemment. Victor s'était procuré le matériel génétique requis.

— Donc, pour son coup d'essai, il a créé un clone jetable.

Les mâchoires de Chase se sont crispées, et son visage s'est vidé de toute émotion.

— Jessica et moi ne lui aurions pas permis de te faire du mal.

— C'était une erreur. Vous auriez dû le laisser m'éliminer.

Ses mots ont glacé la pièce comme une brusque tempête arctique.

— Mais enfin, de qui Chase est-il le clone ? ai-je laissé échapper.

Le professeur Fergus a froncé les sourcils.

— Je préfère ne pas le dire.

— Vous me protégez encore, professeur ? Ne vous donnez pas cette peine, a fait Chase avec une amertume qui lui écorchait la voix comme du fil barbelé. Le fait est que je suis le clone d'un meurtrier en série. J'ignore qui, mais je sens parfois en moi sa colère prête à exploser.

— Tu n'es pas comme ça, a dit Varina d'une voix douce.

Tous les regards ont convergé vers Chase, et pendant un long moment, personne n'a parlé. La tension a monté d'un cran, et je me suis tortillée dans mon fauteuil.

Je n'aimais pas le silence, aussi ai-je dit le premier truc qui me traversait l'esprit.

— Chase n'est pas le seul à savoir qui est son donneur.

Tous les regards se sont tournés vers moi.

— En fait, j'ai passé la journée avec elle.

— Tu as *quoi*? s'est écrié le professeur Fergus. Tu as vraiment fait la connaissance de ce mannequin? Tu ne parles pas sérieusement!

— Je... je... oui.

J'ai dégluti, bouleversée par la véhémence de sa réaction.

— J'ai vu sa photo dans un magazine et je lui ai écrit.

— Je n'arrive pas à croire que tu aies fait un truc aussi stupide, a-t-il dit avec colère. Je vous avais avertis de ne pas révéler à quiconque le fait que vous étiez des clones.

— Mais je ne le lui ai pas dit, et elle ne semblait pas être au courant. Elle croit que notre ressemblance est une coïncidence.

— Ce n'est qu'une question de temps avant qu'elle ne comprenne, et si jamais la presse ou le gouvernement l'apprennent, nous aurons de sérieux ennuis.

L'air las, il a laissé s'échapper un profond soupir.

— Allison, tu aurais dû en discuter avec moi avant de lui écrire cette lettre.

— Je suis désolée. Mais vous n'avez pas à vous inquiéter à propos de Cressida. Elle me ressemble tant, et je suis convaincue que nous pouvons lui faire confiance même si elle découvre la vérité. C'était si génial de faire sa connaissance.

— Elle a l'air cool, a ajouté Varina en me lançant un regard d'encouragement. Je ne comprends pas pourquoi le fait qu'Allison ait passé un peu de temps avec elle pose un problème.

— C'est de Victor que nous devons nous inquiéter, a déclaré Chase.

— Ouais, ai-je dit me félicitant de ne pas avoir mentionné m'être retrouvée piégée dans un trou.

Si je l'avais fait, le professeur Fergus aurait alors eu une *excellente* raison de m'en vouloir. Pour me déculpabiliser, j'ai expliqué que Cressida quittait la ville.

— Elle est sans doute partie à l'heure qu'il est. Et je ne crois pas la revoir un jour.

— Bien, a dit Eric. Cela ne me gênait pas de t'aider à la retrouver, mais je n'ai jamais vraiment compris pourquoi tu y tenais tant. Cela importe peu d'où proviennent nos gènes.

— Ah, mais oui, cela *importe*, a dit le professeur Fergus en joignant les doigts et en nous regardant gravement. Vous n'êtes pas de simples copies. Vous êtes des copies améliorées. Par exemple, le donneur d'Eric devenait aveugle, donc la formule Enhance-X25 a eu pour effet d'améliorer sa vision. Il existe un terme scientifique désignant l'amélioration de la race humaine…

— L'eugénisme, a complété Eric en se redressant dans son fauteuil et en repoussant ses lunettes. J'ai lu sur la question quand j'ai cherché des renseignements sur Victor. Il a écrit un article effrayant sur la création d'êtres humains parfaits et ses bienfaits.

— Mais nous ne sommes pas parfaits, a souligné Varina. C'est tout juste si j'obtiens un B en français, et je suis nulle en sports. Lorsque Starr et moi jouons au tennis, je finis toujours par courir après la balle. J'ai sans doute une excellente mémoire, mais sinon je suis une fille bien ordinaire.

— Oui. Grâce au ciel.

Le professeur Fergus a souri avec affection à sa nièce, puis a reporté son regard sur nous.

— Mais vous êtes tous nés grâce à des méthodes artificielles, des manipulations scientifiques. Et il nous reste tant à apprendre.

Le professeur Fergus a posé les coudes sur son bureau et nous a scrutés du regard.

— À partir de maintenant, je veux que vous adoptiez des mesures de sécurité supplémentaires. Victor veut l'Enhance-X25, et il est prêt à tuer pour l'obtenir. Après sa rencontre avec Varina, il se doute probablement que la formule fonctionne — ce qui signifie qu'il représente un plus grand danger pour nous.

— Mais vous ne détenez pas la formule, a dit Chase.

— Je sais, mais Victor croit que je l'ai. Soyez donc constamment sur vos gardes et veillez les uns sur les autres. Ne sortez jamais seul.

Ses paroles m'ont glacée, et je me suis demandé si le fait d'être un clone n'impliquait pas des trucs que j'ignorais. Je savais qu'Eric s'efforçait encore de maîtriser sa vue perçante. Il arrivait parfois à voir à travers les murs et à des kilomètres de distance, mais en d'autres circonstances, il avait le vertige et voyait flou. Et Varina se demandait si ses souvenirs étaient bel et bien des souvenirs ou une forme de télépathie. Nos pouvoirs recelaient autant de mystères que les menaces qui rodaient autour de nous.

Silencieux dans son fauteuil, Chase a retrouvé son habituelle expression tendue, tandis que le professeur Fergus reprenait son récit de ce qui s'était passé sur le yacht.

Les propos imagés du professeur ressuscitaient le passé. Chase avait été le premier clone. Ses progrès remarquables avaient incité les scientifiques à créer quatre clones de plus, chacun doté d'une personnalité différente. Le plan consistait à éliminer le clone expérimental, puis à étudier les quatre nouveaux clones pendant quelques années, jusqu'à ce qu'il soit nécessaire de les intégrer dans un environnement contrôlé, c'est-à-dire dans des familles adoptives.

— Pourquoi nous avez-vous donné un numéro au lieu d'un nom? a coupé Varina, en se penchant pour rouler sa chaussette et révéler son tatouage : 1025G.

— Moi, je suis le 229B, a fait Eric en montrant du doigt sa cheville.

Je n'ai rien dit puisque je n'avais pas de tatouage, quoique je soupçonnais en avoir eu un en raison de la cicatrice sur ma cheville. Mes parents l'avaient sans doute fait effacer par un chirurgien plasticien.

— J'étais contre les tatouages, mais Victor n'en a pas tenu compte. Il a repris la date de naissance des donneurs en y ajoutant un B ou un G selon le sexe. Victor prétendait qu'un nom aurait entraîné un attachement émotionnel.

Le remords a altéré les traits du professeur.

— Mais Jessica et moi nous sommes malgré tout attachés aux enfants. Le tatouage de Chase était le 611B, mais nous l'appelions « Six » et le traitions comme notre enfant. Chaque soir, Jessica lui chantait une berceuse.

— Je m'en souviens, a déclaré Chase avec simplicité.

— Jessica était une femme dont on se souvenait.

Le professeur Fergus a souri rêveusement, et j'ai soudain compris qu'il avait dû en être profondément amoureux.

— Qu'est devenue la docteure Hart après s'être portée à notre secours ? ai-je voulu savoir. Si elle n'est pas morte, où est-elle ?

— C'est la question à soixante-quatre mille dollars.

Le regard du professeur Fergus a dérivé vers un gros globe terrestre posé sur un socle, et il a froncé les sourcils.

— Chase m'a aidé à installer les bébés dans la fourgonnette que j'avais aménagée, puis j'ai conduit Jessica à l'hôpital.

Sa voix s'est brisée.

— Je… j'ai dû l'y laisser. Je ne pouvais pas rester, pas avec un gamin de cinq ans et quatre bébés sous ma responsabilité.

— Nous, a déclaré Eric.

— Oui. Vous étiez tous effrayés et vulnérables, et je voulais que vous ayez la chance de mener une vie normale. J'ai donc consacré la semaine suivante à vous confier sous le couvert de l'anonymat à différentes agences d'adoption : Allison à San Francisco, Chase au Nevada, Eric au Texas et Sandee au Colorado. Mais quand est venu le tour de Varina, je n'ai pas eu la force de m'en séparer.

— Je crois savoir pourquoi, a fait Varina en allongeant le bras pour presser la main de son oncle. En raison du donneur de mon ADN.

— Oui.

Le professeur Fergus a hoché la tête, ses lèvres ont ébauché un sourire.

— Je vous aimais tous, mais Varina était différente. Elle était le dernier clone, et comme Victor se consacrait à d'autres expériences, j'ai choisi le donneur. Nous avions déjà un mannequin…

— Cressida Ray, ai-je glissé.

Le professeur Fergus a opiné.

— Nous avions également cloné un spécialiste de l'informatique et un athlète olympique.

— Par ici, le génie de l'informatique, a fait Eric avec un sourire idiot en agitant la main. De toute évidence, je ne suis pas du type olympique. À moins qu'il y ait une compétition de maladresse. Dans ce cas, je risque d'emporter la médaille d'or.

Je lui ai frappé la jambe du pied. C'était bien lui de plaisanter dans un moment aussi grave.

— Oui, Eric, a dit le professeur Fergus. Je crois fermement que tu as l'ADN d'un spécialiste de l'informatique et que Sandee a celui d'une athlète, bien que comme je l'ai déjà dit, je n'ai jamais connu les véritables donneurs. À l'exception de un.

Il a franchement regardé sa nièce.

— Le mien, a dit Varina les lèvres tremblantes, comme si elle hésitait à en apprendre davantage.

— Oui, ma chérie. J'ai cédé à mes sentiments et j'ai choisi pour toi un donneur très spécial.

— Je... je crois savoir qui, a-t-elle murmuré. Dans mes rêves, je converse avec une femme qui a de longs cheveux roux et des yeux verts comme les miens. J'entretiens avec elle un étrange lien psychique, et il y a une bonne raison à cela. N'est-ce pas ?

Il a hoché la tête d'un air sombre.

Chase, Eric et moi, immobiles, avions les yeux rivés sur le professeur Fergus et sur Varina ; nous avons attendu, curieux et tendus.

— J'avais peur de poser la question, mais ce n'est plus nécessaire. Je sais qui.

Les mots de Varina ont jailli.

— Je suis le clone de la docteure Jessica Hart.

CHAPITRE 14

C'était inutile. Il m'était absolument impossible de me concentrer sur la tâche éminemment insignifiante de faire mes devoirs ce soir.

Des images, issues tant du passé que du présent, m'en détournaient. L'idée que Varina, Eric, Chase, Sandee le clone manquant et moi ayons passé notre tendre enfance dans un laboratoire secret sur un yacht me semblait toujours aussi étrange. Je ne me souvenais de rien, mais j'avais toujours éprouvé une forte attirance pour l'océan ; comme si le bruit de vagues et le cri de mouettes me touchaient l'âme.

J'avais enfin raconté au professeur Fergus l'accident étrange dont j'avais été victime sur le chantier de construction. Je l'avais bien vite rassuré en lui affirmant qu'il s'agissait sans doute d'un incident malencontreux, mais il avait pâli et froncé les sourcils. Sa mine m'avait paru annoncer une nouvelle migraine. Je n'ai pas osé lui raconter ce qui s'était passé au Rock Climbing Castle.

Je ne l'avais même pas raconté à Varina, à Eric ou à Chase, alors que d'ordinaire je leur disais tout. Mais il était préférable de me taire pour l'instant. S'il était vrai que quelqu'un cherchait à me faire du mal, il me faudrait me montrer prudente. Ma force m'avait permis de m'en sortir et elle me protégerait encore au besoin.

Du moins, je l'espérais.

Par ailleurs, si le professeur Fergus découvrait que j'avais couru un danger, il m'interdirait de quitter la maison sauf pour me rendre en classe. Fini le bénévolat. Terminées les sorties avec mes amis.

Non merci !

Aussi, après avoir longuement trempé dans un bain fumant, je m'efforçais de faire mes devoirs. Mon devoir d'algèbre avait l'air de me lorgner, de réclamer mon attention. Mais, assise en tailleur sur mon lit, au lieu de calculer ce que Y fois X égalait, je me suis penchée sur des équations nettement plus passionnantes.

L'ADN de Chase le condamnait-il à un avenir rempli de violence ? Je suppose qu'on en revenait à l'éternel débat entre l'inné et l'acquis. J'avais toujours eu l'impression que l'inné jouait un rôle prédominant en matière de personnalité, mais là, je n'en étais plus aussi certaine. Chase n'était *pas* une machine à tuer. Évidemment, il était sombre, mais qui ne le serait pas après avoir perdu ses parents? En outre, j'avais vu son bon côté; sa compassion, sa loyauté et son sens de l'humour. Je refusais de croire qu'il était dangereux.

Mais, surtout, j'étais désolée pour lui. Découvrir qu'on a l'ADN d'un meurtrier devait être un sale trip. Pauvre Chase. J'avais tiré un meilleur coup au jeu de dés de l'ADN, étant le clone d'une mannequin et non de Charles Manson. Cressida était une formidable «mère-donneuse». Elle me manquait déjà.

Eric et Varina avaient également tiré un coup acceptable. Particulièrement Varina. La docteure Hart semblait être une femme merveilleuse. Pas étonnant que le professeur Fergus ait élevé Varina comme sa nièce. Il avait visiblement un gros béguin pour la docteure Hart. Dommage qu'ils n'aient jamais été réunis. Je parie qu'ils auraient formé un couple formidable.

Mais la docteure Hart s'était volatilisée de l'hôpital.

Pouf! Disparue sans laisser de traces.

Le professeur Fergus nous avait raconté avoir reçu, quelques semaines plus tard, une lettre codée de sa part. Elle avait été estampillée à Santa Rosa, l'adresse de l'expéditeur était absente et le bref message ne disait pas grand-chose :

Cher J,
Cousine Tansy et moi allons bien. Ne te fais pas de soucis.
Veille sur nos amours.
À toi pour toujours, J

Le professeur se souvenait vaguement que Jessica lui avait mentionné sa cousine Tansy, mais il ignorait son adresse tout comme son nom de famille. Il savait seulement que Tansy vivait seule et possédait une entreprise nommée Sailor's Delight.

Malheureusement, depuis plus d'une décennie, la docteure Hart n'avait pas donné signe de vie.

Avec un long soupir, j'ai contraint mon esprit à se reporter sur mon devoir, et j'ai réussi je ne sais comment à résoudre le mystère des X et des Y. À la suite de quoi l'épuisement l'a emporté sur l'excitation, et je me suis écroulée sur le lit. J'ai dormi si profondément que je ne me suis réveillée qu'à la sonnerie du réveil.

Après ma fin de semaine fantasmagorique, le petit train-train du lundi matin m'a semblé étrange. J'ai quand même accompli ce qu'il y avait à accomplir : tresser mes cheveux, fouiller dans ma penderie jusqu'à ce que j'opte pour ma salopette en denim favorite et un T-shirt jaune, descendre à la cuisine et jeter les deux moitiés d'un bagel à la cannelle dans le grille-pain.

Comme d'habitude, j'étais en retard. Seymore High n'était qu'à quelques pâtés de maisons, mais j'avais beau me hâter, je finissais toujours par être en retard. J'affirmais être une handicapée du temps.

Varina et Eric étaient toujours en avance, ce qui me vexait à mon arrivée ici. En fait, Eric était un lève-tôt qui sortait du lit à l'aurore et allait promener son chien, Renegade, tous les matins. J'avais eu un aperçu de son sens de l'humour lorsqu'il m'avait invitée à l'accompagner un bon matin. À 5 h 30 ! Comme si cela risquait de se produire au cours de ce siècle — voire au cours du prochain.

— Ça sent bon le pain grillé à la cannelle, a lancé quelqu'un dans mon dos.

J'ai levé les yeux sur Chase qui entrait dans la cuisine. Il m'a adressé un sourire chaleureux qui ne masquait cependant pas son épuisement. Je me suis demandé s'il souffrait d'insomnie.

— C'est un bagel, pas du pain.

J'ai ouvert la porte du frigo pour y prendre le fromage à tartiner à la fraise.

— Où sont donc les autres? a-t-il demandé en attrapant un bol et une cuillère, un carton de lait et une boîte de céréales avant de prendre place à la table.

— Le professeur Fergus est parti pour le collège il y a vingt minutes. Et Eric et Varina sont sans doute déjà au lycée.

Je n'ai pu me retenir d'ajouter :

— Varina n'était pas contente de partir avant ton réveil.

— Ouais. C'est une chic fille.

Uniquement une « chic fille »? ai-je failli laisser échapper. En quoi cette phrase était-elle une déclaration d'amour? En rien. C'était ça, le problème. J'aurais voulu conseiller à Chase d'ouvrir les yeux, mais ma loyauté envers Varina a pris le dessus et je me suis mordu les lèvres. Si elle n'avait pas l'intention d'informer Chase de ses sentiments à son égard, c'était sa décision.

Mon bagel a jailli du grille-pain. Après l'avoir tartiné de fromage, je me suis assise à la table, en face de Chase.

— La réunion d'hier soir a été plutôt intense.

— Trop intense.

Il a froncé les sourcils.

— Après, je me suis senti con. J'étais complètement à côté de mes pompes pour reprocher à oncle Jim le fait d'avoir un ADN minable.

— Tu n'es pas minable, ai-je répondu en lui lançant un sourire réconfortant. Tu es génial. Et je suis convaincue que Varina serait d'accord avec moi.

— Tu ne sais pas vraiment qui je suis.

Il a secoué la tête et versé des céréales dans un bol de plastique.

— Je n'en suis pas certain *moi-même*.

— Tu es l'un de nous et nous t'aimons tous.

Particulièrement Varina, ai-je songé. Mais, à voix haute, je me suis contentée d'ajouter :

— C'est tout ce qui compte.

— Je vous aime aussi. C'est bien là le problème.

Il s'est renfrogné.

— Je suis juste la cinquième roue du carrosse. J'ai foiré avec Sandee Yoon. Elle a disparu sans laisser de traces.

— C'est elle qui a foiré. Tu as réussi à la retrouver à Los Angeles, mais elle s'est barrée avant même que nous ayons eu l'occasion de faire sa connaissance.

— Ouais. Quoique je n'aie jamais compris pourquoi.

— J'ai lu son message, et cela m'a semblé très clair.

Il a cillé en avalant une cuillérée de céréales.

— Ah oui?

Je n'ai pu retenir un sourire. Les gars sont *si* obtus.

— Tu as sorti Sandee des griffes de types pas recommandables. Tu es devenu son héros. Et elle s'est probablement imaginé que vous étiez faits l'un pour l'autre. Puis, elle t'a vu avec Varina. La sonnette de la jalousie a retenti!

— Jalouse? De moi et de Varina?

Il a plissé le front, la mine toujours aussi étonnée.

— C'est insensé.

— Tu en es certain? ai-je demandé doucement.

— Varina est spéciale, a-t-il reconnu. Lorsqu'on discute ensemble, elle m'écoute vraiment et elle me comprend. Et quand j'étais au loin, elle me manquait et j'aurais voulu qu'elle soit là et qu'on discute. Il y a peut-être un truc entre nous, mais je ne suis certain de rien.

Son trouble était mêlé de tristesse.

— Je sais uniquement que je dois beaucoup au professeur Fergus, et que je vais faire de mon mieux pour l'aider à retrouver la docteure Hart.

— Tu sais par où commencer?

— Pas encore. Mais cette lettre représente un bon point de départ. Il ne doit pas y avoir une foule d'entreprises nommées Sailor's Delight et dont la propriétaire s'appelle Tansy. Je vais passer quelques coups de fil pendant que tu seras en classe. Je n'ai rien de mieux à faire.

Il a regardé dehors.

— Bien que j'aie réfléchi à mon avenir et que j'aie dressé des plans.

— Quel genre de plans?

— Eh bien, j'aimerais retourner au collège. Je venais à peine d'y entrer lorsque…

Il s'est tu et a détourné les yeux.

— En tout cas, je ne peux pas me contenter de traîner autour jusqu'à la fin de mes jours. Je veux travailler dans la nature ou avec les animaux, peut-être à titre de garde forestier. Dans mon cas, il est plus sécuritaire que je sois dans la nature, pas dans le monde.

— Retourner au collège me semble une bonne idée. L'Université de l'État de la Californie à Sacramento n'est pas très loin d'ici. Tu pourrais peut-être te porter candidat.

— Non, a-t-il répondu sèchement.

— Pourquoi pas? Si c'est trop coûteux, je peux t'aider.

— Mes parents m'ont légué suffisamment d'argent. Ce n'est pas ça, le problème. C'est moi.

Ses yeux bleu-gris ont pris un éclat métallique.

— Je ne peux pas courir le risque que la violence qui m'habite cause du mal. C'est pourquoi j'ai pris une décision.

— La… laquelle ?

— Dès que nous aurons retrouvé la docteure Hart, je me barre. Et je ne prévois pas revenir un jour.

CHAPITRE 15

La déclaration de Chase m'a abasourdie et laissée sans voix. Le supplier de rester serait sans effet. Il était beaucoup trop têtu. Varina aurait peut-être une idée, étant donné qu'elle le connaissait mieux.

Comme il nous était interdit de sortir seuls, Chase m'a raccompagnée au Seymore High. À l'instant même où je le saluais de la main, j'ai entendu sonner la dernière cloche.

En retard encore une fois. De ce fait, je n'aurais pas l'occasion de voir Varina afin la fin des classes, car nous ne suivions pas les mêmes cours ni ne déjeunions en même temps. Elle est en deuxième et moi une classe en-dessous bien que je sois un peu plus âgée qu'elle. Mais ceci est confidentiel, un renseignement ultrasecret sur les clones. Légalement, Varina a seize ans et moi quinze. Le professeur Fergus a modifié la date de sa naissance alors qu'elle était petite afin de tromper Victor. Un bon point pour elle. Un moins bon pour moi.

Je me suis hâtée vers ma salle de classe, récoltant une nouvelle notification de retard à ajouter à ma collection en constante croissance.

À la suite de quoi j'ai entrepris de suivre le programme en trois étapes de l'étudiant modèle :

1. S'asseoir. Écouter. Brasser du papier.
2. Se rendre à la classe suivante.
3. Répéter les étapes 1 et 2.

Répétez ce processus six fois, pour six classes, et vous aurez un bon aperçu de mes journées. J'ai eu beaucoup de mal à me concentrer sur les exposés des profs, car mon esprit avait tendance à dresser des plans dans le but de retrouver la docteure Hart, à rêvasser de Cressida et à s'inquiéter pour Chase.

Lorsque la dernière cloche de la journée a annoncé la fin des classes, j'aurais lancé des feux d'artifice dans le ciel. Au lieu de me rendre à mon casier, je me suis dirigée vers celui que Varina partageait avec Starr.

J'y ai trouvé Varina, de même que Starr et Eric.

Eric ? Il avait pourtant l'habitude de retourner chez nous en compagnie de ses copains du club d'informatique. Je savais que Starr le trouvait à son goût, mais je n'aurais jamais cru que ses charmes opéreraient si vite. C'était bizarre de voir Eric contempler Starr d'un air niais.

— Tu es au courant de la grande nouvelle ? a demandé Starr.

— Pas encore, ai-je répondu en secouant la tête. Mais je suppose que cela ne va tarder.

— Évidemment, mon amie. Eric vient de m'inviter à l'accompagner à la soirée dansante Sadie Hawkins.

— En fait, c'est *toi* qui *m*'as invité, a fait remarquer Eric en souriant. Et j'ai accepté.

— C'est parce que tu es assez intelligent pour reconnaître une bonne affaire, a dit Starr posément.

Venant d'une autre, une telle affirmation aurait passé pour de la vantardise, mais pas dans la bouche de Starr. Elle était ainsi, tout simplement.

— Ça semble amusant, cette soirée dansante. Mais ce n'est pas mon truc, et je n'irai donc pas, ai-je reconnu, sans expliquer quelle était la vraie raison.

Avec mon mètre quatre-vingts, ce n'était pas facile de me trouver un partenaire de danse. C'est génial d'être grande quand on joue au basket ou qu'on est mannequin, mais essayez de danser quand votre tête s'élève au-dessus de la foule comme une tige de haricot.

— Oh, tu vas manquer quelque chose ! J'espère que tu vas changer d'avis, Allison, et nous accompagner.

Starr a claqué la porte de son casier, puis s'est tournée vers Varina avec un sourire espiègle.

— Étant donné que Varina est ma meilleure amie, elle *doit* venir à la soirée dansante. Nous irons ensemble.

— Cela m'intimide d'inviter des garçons, a vite répliqué Varina.

— Tu n'as qu'*un* seul garçon à inviter. Et si tu es trop froussarde, je le ferai pour toi.

— Non ! Je peux le faire moi-même ! a protesté Varina en rougissant. Il y a *bien* un mec pas comme les autres que j'aimerais inviter.

— Qui ? a demandé Eric tout en aidant Starr à boucler son sac à dos.

Varina a hésité un moment avant de lancer :

— Chase. Mais il ne voudra jamais.

— Comment peux-tu le savoir si tu ne le lui demandes pas ? a fait remarquer Starr.

— Il refusera. Bien qu'aller danser pourrait lui permettre d'oublier ses soucis et de s'amuser pour une fois.

Starr a eu un sourire entendu.

— Et tu aimerais bien sortir avec lui.

— Plus que tout. Je devrais donc au moins tenter ma chance.

Varina a poussé un soupir rêveur tout en soulevant son sac à dos et en l'enfilant.

— D'accord. Je vais lui demander. Et s'il accepte, je serai la fille la plus heureuse du monde.

Ou la plus malheureuse, ai-je songé, lorsqu'elle découvrirait que Chase projetait de partir. La soirée dansante n'aurait lieu que dans deux semaines environ, et il serait sans doute parti d'ici là.

Je souhaitais avertir Varina, mais je n'avais pas le courage d'anéantir ses espoirs. Du moins, pas encore.

J'ai donc déclaré que je voulais m'attaquer à mes devoirs au plus tôt, et je me suis éloignée à grands pas.

À mon arrivée à la maison, j'ai constaté que l'entrée était déserte. Tant mieux — ainsi le professeur Fergus n'aurait pas l'occasion de me reprocher d'être rentrée seule. Il était probablement resté au collège pour faire passer un test de rattrapage ou assister à une réunion du personnel.

La camionnette de marque Ford de Chase n'était pas là non plus. Le cœur serré, j'ai craint pendant un moment qu'il soit déjà parti. Puis je me suis souvenue qu'il cherchait des renseignements sur la docteure Hart. Il rentrerait sans doute sous peu.

J'ai marché jusqu'à la porte avant que j'ai trouvée verrouillée. J'ai donc tiré la clé de ma poche, tourné le bouton, puis je suis entrée à l'intérieur.

Un étrange silence pesait sur la maison, mes pas résonnaient doucement sur le sol carrelé du hall d'entrée. Je me suis débarrassée de mon sac à dos qui a atterri sur le sol avec un bruit sourd. Je me suis immobilisée, envahie par le sentiment déplaisant d'être seule.

Je savais que Varina et Eric rentreraient bientôt, emplissant la maison de l'habituel brouhaha. Mais je n'aimais pas être seule et j'ai pensé au chien d'Eric, Renegade. Le labrador blond était toujours heureux qu'on s'occupe de lui.

Abandonnant mon sac à dos sur le sol, j'ai gagné la cuisine et me suis dirigée vers la porte latérale ouvrant sur la cour arrière.

La sonnerie stridente du téléphone a résonné dans toute la maison. Sans réfléchir, j'ai décroché le combiné mural de la cuisine.

— Résidence Fergus, ai-je annoncé.

— Puis-je parler au professeur ? a grasseyé un homme avec des inflexions trahissant une origine espagnole.

— Navrée, il n'est pas là. Souhaitez-vous lui laisser un message ?

Il y a eu un silence suivi d'une question grossière :

— Qui est à l'appareil ?

— Allison. Et vous êtes... ?

En attendant la réponse, j'ai attrapé un crayon et un bloc-messages sur le plan de travail.

— OK. J'ai un crayon et du papier. Qui est à l'appareil ?

— Le docteur Mansfield Victor.

J'en ai eu le souffle coupé. Les jambes molles, je me suis affaissée contre le plan de travail.

— Tu sais qui je suis ? a-t-il demandé avec un ricanement inquiétant. Tu dois être le sujet blond. Le 330G.

J'ai frissonné et mon estomac s'est contracté.

— J'ignore de quoi vous parlez.

— Vraiment ? a-t-il fait en ricanant de nouveau. Je vous épie, toi et tes copains, depuis un bon moment déjà.

J'ai serré le récepteur avec tant de force que j'ai craint de le réduire en miettes. Mais il me fallait conserver mon sang-froid et feindre de ne pas saisir ses propos.

— Vous vous êtes sans doute trompé de numéro.

— Ne joue pas à ce petit jeu. Dis au professeur Fergus que je double mon offre, mais que je serai bientôt à bout de patience.

— Cessez de l'importuner !

— Promis. Dès que j'aurai obtenu ce que je veux.

Puis il a marqué une pause avant d'ajouter d'une voix sinistre :

— Je suis certain que tu sais de quoi il s'agit.

— Je ne sais rien du tout. Si ce n'est que vous êtes un pauvre type qui emmerde le professeur, ai-je répondu, la main tremblante de rage sur le récepteur. Cessez de le harceler sinon je vais…

— De bien gros mots dans la bouche d'une petite fille. Et que pourrais-tu bien faire ? a-t-il lancé, se régalant visiblement de ce jeu du chat et de la souris.

— Bien des trucs, ai-je dit évasivement. Et le professeur n'a pas ce que vous désirez, donc laissez-le tranquille.

Et j'ai brutalement raccroché.

Tremblant comme une feuille, je me suis appuyée contre le plan de travail et j'ai attendu que mon cœur se calme. J'avais parlé durement, mais je me sentais intérieurement liquéfiée.

J'ai traversé la cuisine jusqu'à la table, ai tiré une chaise et me suis écroulée sur le bois poli. Je comprenais pourquoi le professeur Fergus s'était montré si bouleversé. Victor puait littéralement le soufre. Au nom de la science, il était prêt à assassiner quiconque se dressait en travers de son chemin.

J'ai balayé la pièce du regard, le posant sur les objets courants pour reprendre pied dans la normalité : le grille-pain chromé, le frigo à double porte, le four à micro-ondes et l'évier dans lequel se trouvait encore la vaisselle du petit déjeuner.

Les menaces de Victor n'avaient modifié en rien mon environnement, malgré tout j'avais l'impression de ne plus être la même. Je connaissais désormais la voix de mon ennemi. Il avait cessé d'être une vague menace contre laquelle on m'avait mise en garde.

Il était réel.

Dès que le professeur Fergus rentrerait, je l'informerais de ce coup de fil. D'une part, j'aurais préféré me taire, mais de l'autre je savais que Victor ne renoncerait pas. Il rappellerait, je devais donc avertir le professeur.

Une sonnerie stridente a soudainement retenti.

Le souffle coupé, j'ai agrippé le dossier de ma chaise. Une terreur renouvelée m'a figée sur place. Le téléphone sonnait… encore.

CHAPITRE 16

Le téléphone a sonné une deuxième puis une troisième fois.

J'étais incapable de bouger. Franchement, je ne le désirais pas. Je ne me sentais pas mûre pour une nouvelle conversation horrible avec le docteur Victor.

Une quatrième sonnerie a retenti.

J'ai dégluti. Puis je me suis contrainte à franchir la pièce. Avant même la cinquième sonnerie, j'ai soulevé le récepteur et me suis écriée :

— Je vous ai interdit de rappeler !

— Pardon ? a fait la personne au bout du fil, dont la voix douce n'était manifestement pas celle de Victor.

— Cressida ! me suis-je exclamée, à la fois embarrassée et folle de joie. Je… je suis terriblement désolée… Je croyais qu'il s'agissait de quelqu'un d'autre.

— Je me réjouis de ne pas être *cette* personne, a-t-elle fait avec un rire cristallin qui a semblé de la musique à mon oreille. Mais je sais à quel point ces vendeurs tenaces peuvent être irritants.

— Ouais. Ils sont drôlement enquiquinants.

— Tu devrais donc filtrer leurs appels grâce à un afficheur. Ou sers-toi d'un répondeur ou d'une messagerie téléphonique. J'ai de la chance, c'est Dolores qui répond au téléphone. Elle est peut-être autoritaire, mais c'est aussi une gérante efficace.

— Je suis navrée de vous avoir répondu aussi grossièrement. C'est un terrible malentendu.

— Je t'en prie. Je comprends.

— Vous êtes à Chicago ?

— Non. Nous avons annulé notre voyage. Nous avons modifié nos plans, a-t-elle expliqué d'une voix teintée d'excitation. C'est pourquoi je te téléphone.

Étirant la torsade du cordon du téléphone au-dessus du plan de travail, je suis allée m'asseoir dans un fauteuil.

— Où êtes-vous alors ?

— Au Winter Crest Inn.

— Sans blague ! Mais c'est ici, en ville. Génial !

Je n'ai pas pris la peine de dissimuler ma joie. Tout compte fait, peut-être *reverrais-je* Cressida. La situation s'améliorait.

— J'étais censée me rendre à Chicago. Enfin, les réservations étaient faites, mes valises étaient bouclées, a poursuivi le mannequin. Mais mon agent a eu une idée incroyable.

— Laquelle ?

— Après t'avoir vue, Jackson ne parlait plus que de cela. Notre ressemblance l'a littéralement renversé, au point où il a voulu savoir si tu étais ma fille secrète.

— Vraiment ? ai-je dit en m'étranglant.

— Bien entendu, je lui ai dit que c'était impossible.

Elle a pouffé.

— Je n'ai été mariée qu'une seule fois et c'était avec lui. Il aurait été au courant si j'avais eu un enfant. Par ailleurs, je suis trop jeune pour avoir une fille adolescente.

J'avais appris grâce à des articles publiés dans les magazines qu'elle avait presque quarante ans, ce qui était amplement assez âgé pour avoir une fille de mon âge. Mais je n'en ai rien dit. Le fait de poursuivre une carrière axée sur la jeunesse et la beauté l'amenait sans doute à redouter de vieillir.

— Toujours est-il que Jackson ne cessait de parler de toi. De ta voix, de ta façon de bouger, de ton apparence si semblables aux miennes, a-t-elle enchaîné de ce même ton aussi léger et vaporeux que de la crème chantilly. Et il a eu l'idée la plus extraordinaire.

J'avais presque peur de poser la question, mais je l'ai néanmoins posée :

— Laquelle ?

— Tu sais que je suis la porte-parole de l'hydratant Comfort ?

— Ouais.

— Eh bien, ces gens souhaitent trouver un nouveau visage pour leur prochaine campagne de publicité. Jackson s'est donc précipité sur le téléphone pour leur vendre l'idée d'un scénario mariant le passé et l'avenir. Une jeune fille utilise Comfort, puis on se retrouve dix ans plus tard. La jeune fille est désormais une femme dont la peau n'a pas vieilli.

— Cela semble génial.

— Je savais bien que c'est ce que tu penserais. Ce sera une image incroyablement forte. Je serai la jeune femme et tu seras la jeune fille. L'idée te plaît ?

— Un instant. *Moi ? Mannequin ?*

— Bien sûr. Pourquoi pas ?

— Euh, je n'ai aucune expérience.

J'ai cherché une façon diplomate de lui avouer que je préférerais être éboueuse plutôt que mannequin.

— Je vais t'enseigner tout ce qu'il y a à savoir. Songe un peu au plaisir que nous aurons, Allison.

— Je ne sais pas.

— Ce sera formidable! Nous allons passer beaucoup de temps ensemble et nous aurons l'occasion de bien nous connaître. Nous irons dans les boutiques, dînerons dans les meilleurs restaurants, et nous nous offrirons peut-être une nouvelle aventure…

— Pas d'escalade!

— Non, c'est fait. Mais le saut à l'élastique me tente.

Elle s'est esclaffée et j'ai compris qu'elle me taquinait. Même notre sens de l'humour était semblable.

— D'accord, oublions l'aventure. Mais nous pourrions trouver le temps d'aller au cinéma.

— Ouais, ai-je fait avec un soupir rêveur. J'aimerais bien.

— Si nous portons les mêmes vêtements et adoptons la même coiffure, les gens croiront que nous sommes des jumelles, ou des sœurs. J'ai toujours rêvé d'avoir une sœur.

— Moi aussi.

Un vieux désir est venu me titiller le cœur, et la phrase « L'idée d'être mannequin me fait suer » m'est restée coincée dans la gorge. La perspective de jouer au mannequin ne m'enthousiasmait pas, mais si elle lui plaisait autant, je la supporterais.

Cependant, mon opinion sur le mannequinat importait peu. D'autres raisons me poussaient à rejeter la proposition.

— Je suis navrée, Cressida, ai-je dit avec sincérité. Mais cela ne se fera pas.

— Mais pourquoi ?

— J'ai d'autres obligations. Comme aller en classe.

— Mais tu ne seras pas absente plus d'un jour ou deux. Je vais parler au directeur du lycée et lui expliquer la situation.

— Non, ai-je fait en secouant résolument la tête. J'ai un examen d'algèbre. Je ne me souviens pas au juste quand il aura lieu, mais mes notes ne sont pas très bonnes et je ne peux me permettre de le rater.

— Je détestais les maths, quand j'avais ton âge. Mais ne t'en fais pas. Dolores est un génie des chiffres et elle t'aidera à étudier. Si tu rates l'examen, je veillerai à ce que tu puisses le rattraper.

— Je… je ne suis pas certaine…

— De toute façon, il est probable que tu ne le rateras pas, a-t-elle coupé. Le photographe ne peut venir avant mercredi, ce qui signifie que nous ne pourrons pas commencer à travailler avant jeudi.

Elle s'est tue un instant avant d'ajouter :

— S'il te plaît, Allison. C'est si important pour moi.

Je ne savais pas quoi dire. Je voulais la revoir. J'avais beau être du genre à avoir les ongles en deuil, son allure princière m'intriguait. Nous étions identiques, mais très différentes. Je crois que nos différences m'intriguaient davantage que nos ressemblances. Elle avait beaucoup plus d'expérience que moi. Peut-être que le fait de mieux la connaître m'en apprendrait beaucoup à mon propre sujet — sur la personne que j'allais devenir.

Donc, au lieu de refuser fermement, j'ai tergiversé et je me suis défilée, affirmant devoir obtenir l'autorisation du professeur Fergus. Cressida en a été ravie, mais moi, je me suis sentie coupable. Je savais que le professeur Fergus n'approuverait pas. Il avait clairement exprimé son sentiment au sujet de mon amitié avec Cressida.

Trop dangereuse.

Comme je raccrochais, j'ai entendu la porte avant s'ouvrir, puis les voix d'Eric et de Varina.

— Hé, Allison, où est Chase ? a été la première question qu'a posée Varina en entrant
dans la cuisine.

— Je ne sais pas.

J'ai haussé les épaules, assise à la table,
immobile et un peu hébétée. Je n'arrivais pas à
chasser de mon esprit les paroles de Cressida :
« S'il te plaît, fais un effort. C'est si important
pour moi. »

Et *elle* était si importante pour moi.

Mais faire le mannequin ? Poser comme
une Barbie dans un décor rutilant de maison de
poupée ? Cela ne se pouvait pas.

— Je parie que Chase s'est lancé à la
recherche de la docteure Hart et de sa cousine
Tansy, a dit Eric à Varina en ouvrant le frigo et
en attrapant une cannette de racinette et une
pomme. C'est d'ailleurs ce que nous devrions
faire nous aussi.

— Tu as raison, ai-je acquiescé.

— Je suis prête à tout pour retrouver Jessica.
Je me fais tant de soucis à son sujet.

Varina s'est écroulée sur une chaise à côté
de moi et a froncé les sourcils.

— Je n'ai pas rêvé à elle depuis sa mise en
garde.

— Dommage que tes rêves ne nous révèlent
pas où elle se trouve, ai-je dit.

— Ils sont toujours très flous, il n'y a que sa voix et une vague image de sa figure. Une fois, j'ai cru sentir le parfum de l'océan et, une autre fois, une odeur de fumée, mais c'était peut-être le fruit de mon imagination.

— Retrouver quelqu'un qui est disparu depuis si longtemps est pratiquement impossible, ai-je gémi. Par où commencer? Nous ne connaissons même pas le nom de famille de Tansy.

Un lourd bruit de pas s'est fait entendre, et une voix s'est fait entendre aussi.

— Oh, oui, nous le connaissons.

J'ai levé les yeux sur Chase qui pénétrait dans la cuisine. Je ne l'avais pas entendu entrer dans la maison mais, avec son ouïe fine, lui nous avait certainement entendus. En se concentrant bien, il pouvait capter une conversation se déroulant aussi loin qu'à Seymore High.

Ses cheveux blonds presque blancs étaient ébouriffés et ses yeux bleu-gris brillaient d'excitation.

— J'ai passé la journée dans les bibliothè-ques et les bureaux gouvernementaux et j'ai réussi à retrouver le Sailor's Delight.

— Formidable!

Eric a tiré une chaise et s'est assis près de moi, posant son soda sur la table.

— Cela m'a pris un moment, mais j'ai finalement découvert le nom complet de Tansy.

— Qu'est-ce que c'est ? ai-je demandé.

Chase a tiré un bout de papier chiffonné de sa poche et a dit :

— Tansy Irene Norris. J'aurais souhaité que son nom de famille soit moins courant, donc plus facile à retracer, mais le fait de le connaître nous sera très utile.

— Il ne nous manque plus que son adresse, a dit Eric. À moins que tu l'aies également trouvée ?

— J'ai trouvé celle du Sailor's Delight, mais pas la sienne.

— L'adresse de l'entreprise devrait suffire, a fait Varina en repoussant ses cheveux châtains. Lorsque nous retrouverons Tansy, avec de la chance nous retrouverons également Jessica Hart.

— Montons vérifier sur l'ordinateur, a déclaré Eric en se levant et en se dirigeant vers la porte. Je vais chercher à la fois Tansy Irene Norris et Sailor's Delight sur le Web.

— Bonne idée, a acquiescé Chase.

— J'espère que ses tours de passe-passe informatiques vont bientôt nous conduire jusqu'à la docteure Hart — avant que Victor ne lui mette le grappin dessus, a dit Varina.

— Si ce n'est pas déjà fait.

Je me suis tue un moment avant d'ajouter sombrement :

— Il a téléphoné un peu plus tôt.

— Ah oui ? a fait Chase en grognant littéralement.

— Ouais. Il voulait discuter avec le professeur. Il m'a vraiment fait peur — m'appelant « la blonde » et mentionnant un nombre comme ceux que vous avez de tatoués à la cheville. Il a dit 330G, si je me souviens bien.

Je me suis tue, tentant de me rappeler ce que le professeur nous avait raconté à propos des tatouages codés. Ils étaient censés représenter la date de naissance de notre donneur. Fallait-il en conclure que Cressida était née le 30 mars ?

— Victor m'effraie, a reconnu Varina.

— Si jamais il tente de nouveau de te faire du mal, il va s'en mordre les doigts, a fait Chase en se frappant la paume du poing. Ce salaud mérite de souffrir.

Le ton violent de Chase m'a fait frémir.

— Victor semble plus désireux de mettre la main sur la formule que de s'en prendre à nous. Et lorsqu'il se rendra compte que le professeur ne l'a pas, il se lancera à la recherche de la docteure Hart.

— Nous devons donc la retrouver avant lui, a déclaré Eric.

Peu après, nous nous sommes groupés autour de l'ordinateur dans sa chambre à l'étage supérieur. Eric travaillait avec aisance, ses doigts voltigeant sur le clavier. Varina, Chase et moi attendions tranquillement sur le lit. Pendant que Varina et Chase, assis l'un près de l'autre, échangeaient des propos à voix basse, j'ai laissé mon regard errer dans la chambre. Des étoiles et des planètes suspendues au plafond tournoyaient doucement, et un habit de clown multicolore était accroché au mur. Eric était un mélange de gravité et de burlesque, n'hésitant pas à se déguiser en clown et à tortiller des ballons de couleurs vives pour divertir les enfants malades ou handicapés.

— J'ai trouvé un truc, a soudainement lancé Eric.

Chase, Varina et moi avons immédiatement bondi sur nos pieds et traversé la chambre pour aller regarder par-dessus l'épaule d'Eric. Sur l'écran brillait une longue liste de noms, d'adresses et de différentes données.

— On dirait un fichier gouvernemental. Comment y as-tu accédé? a demandé Chase en montrant l'écran du doigt.

— Ne pose pas de question, a fait Eric en tournant la tête vers nous avec un sourire grave. Je n'approuve pas le piratage, mais c'est parfois indispensable. D'autant que c'est pour une bonne cause.

Balayant l'écran du regard, je me suis arrêtée sur le nom de « Tansy I. Norris ». Il était suivi d'une impressionnante liste de renseignements financiers et personnels.

— C'est elle ! me suis-je écriée.

— Bon boulot, Eric, a ajouté Varina en lui tapotant l'épaule.

— C'est relativement facile. Trop facile, à vrai dire. La vie privée n'existe plus de nos jours.

Eric a enfoncé quelques touches, et l'imprimante a lancé un bip aigu puis s'est mise au travail.

— Son numéro personnel n'y figure pas, mais le numéro de son entreprise, si. Le Sailor's Delight est situé près de Bodega Bay. C'est environ à deux heures de voiture d'ici.

— Il est trop tard pour que nous nous y rendions ce soir, a dit Chase avec pragmatisme. Mais je vais y faire un saut demain pendant que vous serez en classe.

— C'est pas juste de nous laisser derrière ! a protesté Varina.

— Mais vous êtes en classe jusqu'à quinze heures. Je vais avoir le temps de m'y rendre et de revenir.

— Pas sans nous, a fait Eric en jetant un regard lourd à Chase. Nous sommes tous impliqués.

— Ouais, ai-je dit. En partant immédiatement à la fin des classes, nous arriverons à Bodega Bay à dix-sept heures. Ce n'est pas trop tard.

Dans un premier temps, Chase a secoué sa tête blonde d'un air exaspéré. Puis il a haussé les épaules.

— D'accord. J'irai vous cueillir après les classes demain. Mais, a-t-il ajouté en me pointant du doigt, je n'attendrai pas, donc ne sois pas en retard.

— Moi, en retard ? Ça ne m'arrive jamais.

J'ai ri, prenant note intérieurement de ne jamais montrer à Chase ma collection de notifications de retard.

— J'y serai à quinze heures tapantes demain. Promis.

CHAPITRE 17

À son retour à la maison, le fait que nous ayons trouvé l'adresse de la cousine Tansy a impressionné le professeur Fergus dont les précédentes tentatives avaient été vaines. L'espoir a illuminé son regard las. Et j'ai remarqué qu'il s'appuyait moins lourdement sur sa canne lorsqu'il a descendu le couloir pour gagner son bureau.

C'était réjouissant de le voir ainsi requinqué, mais je répugnais davantage encore à lui parler du coup de fil de Victor. Il me fallait toutefois le mettre en garde, donc après avoir lavé la vaisselle du dîner, pendant qu'Eric l'essuyait et la rangeait, je me suis retrouvée devant le professeur, dans son bureau.

— Navrée de vous déranger, ai-je attaqué timidement en tortillant le bout de ma tresse blonde.

— Je ne suis guère occupé en ce moment.

Il a posé ses lunettes de lecture sur le bureau, près d'une pile de documents, et m'a souri affectueusement.

— Qu'est-ce qui te préoccupe ?

— Quelqu'un a téléphoné aujourd'hui.

— Qui donc ? s'est-il enquis avec curiosité, les sourcils froncés.

— Le docteur Victor.

Je lui ai rapporté ce dont je me rappelais de la conversation à la suite de quoi, tendue, j'ai observé sa réaction. Il était livide et avait les mâchoires crispées. Le fait que Victor savait qui j'étais a semblé le préoccuper tout spécialement.

— Du moins, il n'a pas parlé de ma force, ai-je ajouté.

— Ce qui est heureux. Mais s'il m'a épié, il doit se douter que vous possédez des talents particuliers.

Le professeur Fergus s'est incliné vers son bureau dont il a martelé le plateau de bois de son crayon.

— Bébés, vous ne montriez aucun signe de talents exceptionnels. Le docteur Victor en a été furieux, car il espérait que la formule Enhance-X25 produise des résultats rapides. Il désirait mener des expériences plus énergiques — des tests douloureux ne convenant pas à de jeunes enfants. Évidemment, Jessica et moi l'en avons empêché.

— Dieu merci! me suis-je écriée avec un frisson.

Le professeur avait vraiment veillé sur nous. Mais moi, je ne lui avais pas tout raconté. Aussi, après avoir inspiré profondément, je lui ai confessé dans un souffle :

— Il y a eu un autre coup de fil.

— Oh? a-t-il fait en arquant le sourcil.

— De la part de Cressida Ray.

— Le mannequin? Que voulait-elle?

— Moi, ai-je répondu avec un petit sourire avant de lui exposer sa proposition.

— Bien entendu, tu as refusé.

Le ton de sa voix m'a vexée, et j'ai senti un début de colère m'envahir.

— Je lui ai répondu que je ne savais pas.

— Eh bien, tu ne peux pas.

— Pourquoi pas? J'ai promis de ne pas révéler à quiconque que j'étais un clone et je tiendrai parole.

— Mais tant que le docteur Victor nous menace, tu dois te montrer encore plus prudente.

— Une foule de personnes participent à une séance de photos. Je serai parfaitement en sécurité.

— J'ignorais qu'être mannequin t'intéressait.

Il a caressé sa barbe poivre et sel en m'observant.

— Pas vraiment. Mais je désire connaître Cressida. C'est peut-être la seule chance que j'aie de fréquenter l'unique personne en ce monde qui me comprenne réellement. Elle m'a même offert de veiller à ce que je fasse mes travaux scolaires et de m'obtenir des cours particuliers.

— Je suis là si tu as besoin de cours particuliers.

— Je sais et je vous en remercie.

— Mais cela n'a rien à voir avec l'école, a-t-il ajouté avec un soupir. C'est très important pour toi, n'est-ce pas ?

— Cressida l'est. C'est comme si j'avais retrouvé ma jumelle après une longue séparation et qu'on voulait nous séparer de nouveau. Si je refuse son invitation et ne la revois plus jamais, je vais le regretter jusqu'à la fin de mes jours. Nous avons tant en commun. Elle m'a même avoué raffoler du même sandwich que moi — cornichons et beurre d'arachides.

— Il est tout à fait normal que vous ayez plusieurs traits communs. Mais tu dois comprendre qu'elle est une femme adulte dont la vie est très différente de la tienne. Tu ne la connais pas suffisamment pour lui faire pleinement confiance.

— Au contraire.

J'ai marqué une pause, puis j'ai relevé le menton.

— Je lui confierais ma vie.

— Espérons que nous n'en viendrons pas là, a-t-il déclaré gravement.

Il s'est tu et m'a lancé un regard lourd de sens.

— Puisque tu tiens tant à la revoir, je ne m'y opposerai pas.

— Formidable ! ai-je fait en sautant de joie.

— Mais à une condition cependant : je veux bien que tu la revoies, mais je dois t'interdire de faire la mannequin. C'est hors de question.

— Bon…, ai-je soupiré. Je ne suis pas du genre mannequin, de toute façon.

— Et c'est trop dangereux. Nous ne voulons pas que les gens voient des photos de toi à côté de ton clone.

Il a saisi des documents et chaussé ses lunettes, mettant ainsi fin à notre conversation.

J'ai quitté la pièce d'un pas lent, partagée entre la déception et le soulagement. J'appréhendais un peu d'annoncer à Cressida que je refusais de poser à ses côtés. J'espérais qu'elle comprendrait.

Mais surtout, j'espérais que mon désir de la connaître se révélerait être une bonne décision et non pas la pire erreur de ma vie.

CHAPITRE 18

Le lendemain, à l'école, la journée m'a paru encore plus longue que d'habitude. Je ne cessais de penser à Cressida. Lorsque je lui avais téléphoné pour lui annoncer que je refusais de poser avec elle, elle avait semblé déçue. Elle avait soupiré, puis reconnu que Jackson avait de toute façon avancé une autre idée en vue de la campagne de Comfort.

Elle avait ensuite retrouvé sa bonne humeur et m'avait lancé une autre proposition. Je ne poserais pas, mais je serais son assistante. En outre, comme elle souhaitait conserver quelques photos de moi, je me retrouverais tout de même devant la caméra, avait-elle affirmé comme pour me consoler. Mais les photos étant exclusivement destinées à son usage personnel, je n'ai pas pris la peine d'en informer le professeur.

En entendant Cressida déclarer d'une voix joyeuse à quel point nous nous amuserions, pendant un moment j'ai oublié qui j'étais et j'ai eu l'impression d'être sa sœur, une amie intime ou sa fille. Je me suis demandé comment ce serait d'être comme elle. Une mannequin.

Je me suis imaginée en train de défiler juchée sur des talons hauts et vêtue de vêtements moulants, et cela m'a mis le sourire aux lèvres. Je ne savais trop si je devais rire ou secouer la tête devant cette divagation. Mais l'idée s'était implantée dans mon esprit, et je me suis rendu compte que je déambulais dans les couloirs de l'école d'un pas élastique au lieu de mon habituel pas lourd et nonchalant. Lorsque j'apercevais mon reflet dans la glace d'une fenêtre, je me redressais et rejetais ma tresse dans mon dos, imaginant que les projecteurs et les caméras captaient chacun de mes mouvements.

Ce qui n'a pas empêché la journée de se traîner comme un escargot.

La dernière cloche a enfin sonné.

Je me suis précipitée vers mon casier, déterminée à n'y faire qu'un bref arrêt ; pas question de faire attendre Chase. En fait, j'avais l'intention de le retrouver avant Eric et Varina.

Mais lorsque, après avoir composé la combinaison de mon casier, j'ai ouvert la porte, j'ai aperçu un truc bizarre : une longue enveloppe jaune flottant comme un drapeau entre mon manuel d'histoire et celui de français.

— Qu'est-ce que c'est? ai-je marmonné en m'emparant de l'enveloppe.

Mon nom était proprement imprimé au recto.

Une impression désagréable m'a envahie et je me suis vivement retournée pour voir si on m'observait. Avais-je un admirateur secret? Ou Eric m'avait-il fait une blague et un serpentin allait-il jaillir telle une bombe de l'enveloppe lorsque j'ouvrirais celle-ci?

Mais Eric n'était pas dans les parages, seuls des inconnus ou de vagues connaissances montaient et descendaient les couloirs sans me prêter attention. Donc, les lèvres crispées par la concentration, j'ai déchiré l'enveloppe.

Un unique morceau de papier carré s'en est envolé. Je me suis penchée pour le récupérer, puis j'ai lu le court message empoisonné.

Les clones morts ne révèlent pas de secrets.

CHAPITRE 19

Les clones morts !

Le coup de fil de Victor m'avait effrayée, mais ce message de menace était bien pire. Cet affreux docteur était complètement fêlé, et j'ai tressailli, tout à fait consciente qu'il ne connaîtrait pas de repos avant d'avoir obtenu ce qu'il voulait.

Mon cœur cognait assez fort pour figurer sur l'échelle de Richter, et j'avais envie d'appeler à l'aide. Mais j'ai étroitement serré les lèvres afin que nul son ne puisse les franchir. Je n'avais jamais été du genre à hurler et je n'allais certes pas m'y mettre aujourd'hui uniquement à cause d'un message insensé. J'étais capable d'y faire face seule, tout comme j'avais affronté chaque crise de mon existence. Je ne permettrais pas à Victor de me réduire à un petit tas tremblant de frayeur.

En assumant que le message *provenait* de Victor. Mais sinon, de qui ?

Pourquoi me menacerait-on au lycée ? Et comment avait-on déposé cette note dans mon casier ? Soit on l'avait forcé, soit on m'avait observée d'assez près tandis que je composais la combinaison. M'observait-on à l'instant même ? Si le coupable était Victor, pourquoi m'avertirait-il de ne *pas* révéler mes secrets ? Il voulait les connaître et non m'empêcher de les révéler. Le message n'avait pas de sens.

Les jambes molles, j'ai hésité sur la marche à suivre. Vers qui me tourner ? Vers mes amis clones ? Vers le professeur Fergus ? Vers la police ? Mais si je m'adressais à la police, je devrais expliquer que j'étais un clone.

— Allison ! ai-je entendu quelqu'un lancer.

Me retournant, j'ai vu Dustin qui me faisait signe tout en se hâtant vers moi.

— Oh non ! me suis-je écriée en remettant le message dans l'enveloppe puis celle-ci dans la poche de ma salopette.

Il m'avait relancée toute la journée, me harcelant au sujet du « collège » du professeur Fergus, me posant des questions acerbes sur la raison pour laquelle il ne pouvait bénéficier de cours particuliers. Il risquait de me causer des ennuis à force de chercher des renseignements. De gros ennuis.

Mais j'étais trop bouleversée par le message de menace pour me taper en plus Dustin. L'éviter était préférable. J'ai enfilé quelques couloirs, puis me suis arrêtée pour reprendre mon souffle et trouver une issue. Les toilettes des filles se trouvant au bout du couloir, je me suis élancée vers elles.

Les relents de fumée flottant dans la petite pièce m'ont fait tousser. Sous la porte close de l'un des cabinets, j'ai entrevu des sandales blanches et des ongles de pieds peints en bleu.

J'ai tourné le robinet et feint de me laver les mains. Dustin m'attendait-il à l'extérieur? Sans doute. Combien de temps patienterait-il avant de renoncer?

J'ai maugréé en regardant ma montre. J'étais déjà en retard! Zut! Moi qui avais promis à Chase d'être à l'heure.

La porte du cabinet s'est ouverte et une fille grassouillette avec un anneau dans le nez s'est dirigée vers les lavabos. Je ne la connaissais pas, mais elle semblait correcte.

— Cela t'ennuierait-il d'aller voir si un gars mince et brun est toujours planté là? lui ai-je demandé.

— D'accord, a-t-elle souri. Tu cherches à plaquer ton petit ami ?

— Ce n'est pas mon petit ami, c'est juste un emmerdeur, ai-je grimacé. J'aimerais bien qu'il abandonne et me fiche la paix.

— Je sympathise. Les garçons ne cessent de me poursuivre moi aussi.

Elle m'a tapoté l'épaule tout en se dirigeant vers la porte. Elle a jeté un coup d'œil furtif à l'extérieur et levé le pouce.

— La voie est libre.

Je l'ai remerciée et me suis précipitée à l'extérieur. Dustin était parti. Mais j'étais terriblement en retard. J'ai enfilé les couloirs au pas de course, me suis élancée dehors, vers l'aire de stationnement, tout en croisant les doigts et en espérant que Chase m'avait attendue.

Mais lorsque j'ai atteint l'aire de stationnement, je n'ai pas vu sa camionnette. J'ai repoussé ma frange ébouriffée et me suis mordu les lèvres. J'étais arrivée trop tard. Maudit soit Dusty Stiff-Bottom !

J'ai voûté le dos, davantage accablée par le poids de la déception que par celui de mon lourd sac à dos. Je me sentais aussi craintive, redoutant que la personne m'ayant envoyé le message soit encore dans les parages.

Il ne me restait plus qu'à rentrer à la maison.

Lorsque j'ai posé le pied sur le trottoir, j'ai entendu une suite de coups de klaxon. Je me suis retournée, espérant voir la camionnette de Chase, mais il s'agissait en fait d'une berline grise et quelqu'un à l'intérieur me faisait signe !

CHAPITRE 20

Étonnée, j'ai regardé en clignant des yeux. Chase était assis derrière le volant de la berline de taille moyenne du professeur Fergus, Varina à côté de lui et Eric sur la banquette arrière.

— Merci de m'avoir attendue, ai-je dit avec un intense soulagement en me glissant à côté d'Eric. Mais qu'est-il arrivé à ta camionnette ?

— Rien, a répondu Chase avec un sourire.

— Oncle Jim est rentré de bonne heure et il nous a offert sa voiture. La camionnette de Chase est trop petite pour nous quatre. Cette voiture est beaucoup plus confortable.

— Génial !

Je tremblais toujours intérieurement, mais j'ai réussi à m'exprimer d'une voix calme.

— Je me demandais bien aussi comment nous allions faire pour entrer tous les quatre dans la camionnette de Chase.

— Le professeur Fergus est une fois de plus venu à notre rescousse, a dit Chase.

— Mon oncle est le meilleur des oncles, a souri Varina.

J'ai opiné.

Eric m'a lancé un regard inquisiteur.

— Allison, qu'est-ce qu'il y a ?

— Rien, si ce n'est que je craignais que vous partiez sans moi.

— Il y a autre chose. Tu es effrayée.

Eric a plongé ses yeux sombres dans les miens, l'air de dire « Arrête ton baratin ».

— Qu'est-ce qui se passe ?

Maintenant, Varina et Chase m'observaient également. J'ai soupiré. À quoi bon ?

J'ai donc tiré l'enveloppe de ma poche et la leur ai montrée.

— OH, NON ! s'est écriée Varina après l'avoir lue. Quelqu'un est au courant.

— C'est nécessairement Victor, a fait Chase en fronçant les sourcils d'un air sinistre. Il ne nous lâchera pas tant qu'il vivra. Je vais le retrouver et lui…

— Tu ne feras rien du tout, lui a ordonné Varina en lui posant la main sur l'épaule.

Chase s'est renfrogné et s'est détourné avec brusquerie.

La peur, la frustration et la tension imprégnaient la voiture, et j'ai regretté leur avoir montré le message.

— Hé, on se calme. Ce message idiot ne m'effraie pas, ai-je fait en riant faiblement. Si c'est le pire que peut faire Victor, il est pathétique.

— Allison a raison, a glissé Eric. C'est nous qui possédons des pouvoirs. Le docteur Maboul ne peut rien contre nous.

— Ne le sous-estimez pas, a conseillé Chase.

À la suite de quoi, il a changé de sujet en attrapant une carte routière qu'il a remise à Varina.

— Allons-y. Tu fais le copilote.

— Bien, a-t-elle répondu en dépliant la carte. Il est possible qu'on rencontre des bouchons, mais sinon ça ira. J'espère que nous trouverons Tansy. Nous aurions peut-être dû lui téléphoner.

— Non.

Chase a tourné le volant en accélérant lentement pour sortir de l'aire de stationnement.

— Je préfère la surprendre. De cette manière, elle ne pourra pas se dérober à nos questions.

— Mais que se passera-t-il, si, après avoir fait tout ce chemin, nous découvrons que Tansy n'est pas là? a insisté Varina. Elle pourrait être en vacances ou en voyage d'affaires.

— Dans ce cas, nous irons nous amuser sur la plage, a commenté Eric, toujours optimiste.

— Nous pourrions aller nous balader autour de Goat Rock Beach, ai-je ajouté.

— Oh, j'allais oublier, s'est soudainement écrié Chase en s'arrêtant à un passage clouté.

Sa voix avait perdu ses inflexions colériques, ce qui était un réel soulagement. Il a saisi une pile de papiers posés sur le tableau de bord.

— Juste comme je partais, le courrier est arrivé. Comme je sais qu'Eric attend toujours avec impatience les lettres que lui envoie sa famille, je l'ai donc apporté. Mais je n'ai pas eu le temps de passer au travers. Fais-le donc Eric.

— Merci! s'est exclamé Eric en s'emparant du tas de lettres et de réclames. Tiens, un bon pour un échantillon gratuit de déodorant. C'est pour toi, Allison, a-t-il fait en jetant le petit feuillet sur mes genoux.

— Grand merci! ai-je répondu en roulant les yeux.

— Et voici *deux* lettres du Texas, a déclaré Eric. L'une de mes parents et l'autre de ma sœur Kristyn.

— Formidable. Kristyn va sans doute mieux, ai-je dit avec optimisme.

Kristyn avait été enlevée plusieurs mois auparavant, et l'expérience l'avait traumatisée psychologiquement. Eric s'en sentait responsable, et c'est en partie ce qui l'avait décidé à emménager en Californie.

Eric a continué de trier le courrier. Soudain, à la vue d'une carte postale rectangulaire, il a sifflé doucement.

— Hé, c'est pour Chase.

— Pour moi? Il doit s'agir d'une erreur, a fait Chase en nous lançant un regard dans le rétroviseur, ses yeux bleu-gris écarquillés de surprise. Je n'ai donné cette adresse à personne.

— Tu as dû la donner, a dit Eric d'un air bizarre. Sinon, comment t'aurait-elle écrit ici?

— Qui? ai-je demandé en me penchant pour regarder la carte postale.

En voyant la signature, ma mâchoire s'est décrochée, et je me suis écriée :

— Ohmondieu! C'est Sandee Yoon!

CHAPITRE 21

— Sandee ! s'est exclamé Chase, les mains agrippées sur le volant. Tu plaisantes.

— Je ne plaisante pas. Tu veux que je te la lise ? ai-demandé, mourant de curiosité mais résistant à la tentation de regarder.

Le rétroviseur nous renvoyait l'image des sourcils froncés de Chase.

— À bien y réfléchir, je lui ai en effet donné l'ancienne adresse des Fergus.

J'ai vérifié sur la carte postale.

— Eh bien, elle a dû comprendre que nous avions déménagé, car elle l'a adressée à notre résidence actuelle.

— Vraiment ? a demandé Chase, légèrement admiratif. En tout cas, j'ignore pourquoi elle m'écrit après tout ce temps. Mais allez comprendre une fille comme elle! Elle ne ressemble à personne de ma connaissance.

J'ai vu Varina lever les yeux au ciel.

— Bon, alors je la lis? ai-je fait en revenant à la charge.

Chase a haussé les épaules.

— Vas-y.

— Hourra!

J'ai souri en voyant l'image représentant un chimpanzé se balançant d'un arbre la tête en bas, la bouche grande ouverte comme s'il riait à gorge déployée. Il n'y avait pas de légende, mais s'il y en avait une, j'aurais parié pour « Je me suis payé ta tête! »

Parce que c'est exactement ce que Sandee avait fait. Elle lui avait caché sa véritable identité. Puis, après qu'il l'eut sortie des griffes de types louches, elle lui avait exprimé sa gratitude en s'enfuyant et en lui laissant une note — dans laquelle elle lui révélait qui elle était en réalité. Et depuis ce jour, rien.

Tandis que Chase délaissait les rues de banlieue pour se mêler aux voitures circulant sur l'autoroute, je me suis raclé la gorge et j'ai commencé à lire à voix haute.

— « Cher Chase », ai-je attaqué. « Surprise! Voulais te dire que je vais bien. Je veux dire TRÈS BIEN! J'ai un nouveau nom et un engagement génial pour un tour de chant. Et personne ne réussira à me retrouver, aussi ne te donne pas cette peine. Je n'ai pas besoin de toi, ni de personne. Salut, Sandee. »

— C'est tout ? a demandé Eric, déçu.

— Ouais.

J'ai tourné la carte postale pour regarder de nouveau le singe hilare. Je savais que, quelque part, Sandee se riait également de nous.

— Elle a laissé une adresse ? a fait Chase en jetant un coup d'œil à l'arrière, où je me trouvais avec Eric, avant de reporter promptement son attention sur la route.

— Pas d'adresse. Et la carte a été postée au Colorado.

— Au Colorado ? s'est étonné Eric en écarquillant les yeux. Elle est rentrée chez elle ?

— Ou elle a demandé à un ami de la poster pour elle, ai-je avancé. Je serais étonnée qu'elle soit retournée dans sa famille adoptive.

— On ne peut pas le lui reprocher, a dit Chase.

Je me suis souvenue du court voyage au Colorado que nous avions fait, Chase et moi, dans le but de retrouver Sandee. J'y avais rencontré la mère adoptive de Sandee : une femme à la langue acérée qui puait l'alcool et ne cherchait pas à dissimuler son peu d'affection pour

Sandee. À l'époque, j'avais éprouvé de la pitié pour Sandee, j'avais compris pourquoi elle s'était enfuie d'un foyer aussi dysfonctionnel. Mais aujourd'hui, je ne savais plus.

— Je suis contente qu'elle aille bien, ai-je dit avec un soupir. Mais j'aurais préféré qu'elle nous donne notre chance.

— Nous n'avons pas besoin d'elle, a lancé Varina. Quelle importance qu'elle soit un clone ? Elle ne se soucie que d'elle-même. Elle a envoyé cette carte postale à Chase dans le seul but de le narguer.

— Ou pour l'informer qu'elle était saine et sauve, a dit Eric.

— Cela m'étonnerait.

Varina a lancé un regard jaloux à Chase, qui n'a toutefois pas paru le remarquer vu qu'il conduisait tranquillement, attentif à la route et non à la conversation.

— Chase s'est donné beaucoup de mal pour la retrouver, puis pour l'aider à se sortir du pétrin, et elle n'a rien trouvé de mieux que de le laisser tomber.

— Ouais, ai-je acquiescé. Tu parles d'une ingrate !

— Qu'est-ce qui vous prend, les filles ? a interrogé Eric. On s'amuse à casser du sucre sur le dos de Sandee ou quoi ?

— Elle a couru après, a répliqué Varina.

— Je n'arrive pas à croire que vous soyez aussi peu compréhensives. Sandee ne l'a pas eu facile. Donnez-lui une chance.

Dans les bras de qui ? ai-je failli rétorquer, mais le regard réprobateur d'Eric m'a refroidie. Je me *montrais* peut-être trop dure à l'endroit de Sandee.

— Nous avons la chance de connaître nos origines, a continué Eric, dont la ceinture de sécurité s'est tendue lorsqu'il s'est penché en avant. Alors que Sandee ne sait même pas qu'elle est un clone.

— Ça ne doit pas être facile.

J'ai réfléchi à la question un moment tout en enroulant ma tresse autour de mon doigt.

— Elle doit sûrement s'étonner de posséder un pouvoir étrange. Je me demande de quoi il s'agit. Elle court peut-être très vite. Après tout, elle ne cesse de prendre ses jambes à son cou, et personne n'arrive à la rattraper, n'ai-je pu me retenir de déclarer.

Sur le siège avant, Varina s'est tournée vers moi et m'a souri.

— Ça ne fait pas de doute.

— Ne pourrions-nous pas parler d'autre chose ? a soudain lancé sèchement Chase, en se déportant brutalement dans l'autre voie et en accélérant. Vous n'avez jamais rencontré Sandee. Vous ne savez rien d'elle.

— J'en sais assez, a rétorqué Varina.

— Non, tu n'en sais pas assez. Aucun de vous n'en sait assez. Cessez donc de bavasser ainsi.

— Oh, mais *pardonne-nous*, a lancé Varina d'une voix acerbe et peinée. Je ne savais pas que tu te préoccupais à ce point de Sandee.

— Ce qui me préoccupe, c'est d'avoir échoué à l'aider.

— Ce n'est pas faute d'avoir essayé. C'est elle qui s'est barrée.

— J'aurais dû tout lui expliquer dès le début. Elle est partie, et c'est ma faute. N'en parlons plus.

— Avec joie, a sèchement riposté Varina.

Je ne voyais que l'arrière de la tête de Varina, mais à son cou raide et à son intérêt soudain pour le paysage, j'ai compris qu'elle fulminait. Et je ne pouvais pas le lui reprocher. Elle avait pris son courage à deux mains pour inviter Chase à la soirée dansante Sadie Hawkins, et voici qu'il se mettait à flipper au sujet de Sandee. Je me suis demandé s'il s'était passé un truc que nous ignorions entre Sandee et Chase. Lui avait-il pris la main, avaient-ils échangé des confidences, voire un baiser ?

Pour le bien de Varina, j'espérais que non.

Chase a allumé la radio, mais même la musique entraînante n'a pas réussi à alléger l'atmosphère suffocante de la voiture. Au bout d'un moment, Eric a rompu le silence en ouvrant ses lettres et en nous donnant des nouvelles du Texas. J'aimais l'entendre parler de sa très grande et très active famille — si différente de celle de mon enfance. En l'écoutant, j'ai remarqué sa voix émue. Le pauvre garçon refusait de l'admettre, mais sa famille lui manquait visiblement.

Mon regard a dérivé vers la glace, s'est porté sur les collines arrondies d'un vert luxuriant et les pâturages peuplés de vaches, de quelques chevaux et parfois de lamas. Plus nous approchions de la côte, plus les chênes se faisaient rares, remplacés par une enfilade de grands eucalyptus d'un vert sombre. Et une odeur forte, moite et salée emplissait l'air. Il y avait moins de voitures sur la route à deux voies et à peine une poignée de maisons en bordure.

— Il ne reste plus que quelques kilomètres, a annoncé Chase. Quelle est l'adresse ?

— 242 Gull Street, a répondu Eric en consultant la feuille sortie de son imprimante. J'ai trouvé l'itinéraire sur le Web.

Il a pointé vers l'avant.

— C'est le virage que nous devons prendre. Tourne à gauche à la première rue.

— Pigé, a répondu Chase en tournant le volant en douceur.

Au loin, derrière les collines et les maisons, j'ai entrevu une petite tache bleue et j'ai ressenti le vif désir d'aller voir l'océan. J'espérais que nous trouverions très vite Tansy, ce qui nous laisserait le loisir d'aller à la plage.

Un moment plus tard, nous avons bifurqué sur Gull Street, et j'ai cherché une adresse.

— Voici le 125, ai-je dit en montrant du doigt une étroite maison blanche avec un toit pointu et un garage adjacent abritant un bateau d'un bleu étincelant.

— Nous ne sommes plus loin, a murmuré Varina.

— Voici le 210, a fait Eric avec excitation. L'entreprise de Tansy devrait se trouver dans le prochain pâté de maisons.

Les édifices se pressaient les uns contre les autres maintenant, formant un amalgame de résidences et de commerces : Mandy's Market, Salty's Antiques, un salon de coiffure nommé Boucles permanentes.

— Hé, l'adresse de ce dernier endroit était le 254 Gull Street, a dit Chase en tournant la tête en tous sens et en regardant par la glace de la voiture. Je l'ai raté ?

— Retournons sur nos pas et regardons de nouveau, a proposé Eric. Il faut que ce soit là.

Chase a fait demi-tour et nous avons roulé au pas devant les édifices. Arrivé devant le 240 Gull Street, une boutique d'artisanat nommée Sea Escapes, Chase a freiné.

Avec un bel ensemble, nous avons tourné le regard vers l'emplacement voisin. Dans un premier temps, j'ai cru qu'il s'agissait d'un terrain vacant, puis j'ai remarqué les ruines calcinées. J'ai ensuite repéré une petite enseigne de métal sur un tas de cendres. L'enseigne était tordue et son lettrage à demi-effacé, mais j'ai vaguement distingué deux mots.

Sailor's Delight.

Nous avions trouvé l'entreprise de Tansy. Mais trop tard.

Nous sommes sortis en silence de la voiture et nous sommes groupés sur le trottoir fissuré. Nous nous sommes contentés de regarder fixement, comme si nous assistions à des funérailles. C'en était peut-être.

Une puanteur âcre emplissait l'air. Et j'ai compris que l'incendie était récent.

— Jessica nous avait mis en garde contre un danger, a murmuré Varina en me pressant la main.

Sa peau était moite et glacée.

— Je me demande ce qui est arrivé à Tansy, ai-je dit à voix basse. J'espère qu'elle n'était pas là lorsque l'incendie s'est déclaré. Qu'elle n'est pas…

Il n'était pas nécessaire de compléter la phrase.

— Moi aussi, a opiné Varina. Et Jessica ? Et si Victor l'avait déjà retrouvée ?

Chase s'est approché et a doucement tapoté l'épaule de Varina. Elle n'a pas reculé, j'en ai donc conclu qu'ils s'étaient rabibochés.

— La docteure Hart va bien, nous a-t-il assuré.

— Je l'espère.

— Moi aussi.

Nous avons entendu un crissement de pas derrière nous, et soudain, une voix a lancé :

— Fichez le camp d'ici !

Tournant les talons, j'ai aperçu une femme râblée, à l'air dur et aux cheveux sombres ramassés sous une casquette, vêtue d'une ample chemise à carreaux sur un jean usé et de lourds rangers.

Mais ce n'est pas son apparence qui a retenu mon attention.

C'est le fusil qu'elle pointait sur nous.

CHAPITRE 22

— Vous empiétez sur une propriété privée, a lancé la femme d'un ton accusateur.

— Navrée, ai-je répondu, figée sur place. Nous n'en avions pas l'intention.

— Tout comme je n'aurai pas l'intention de vous tirer dessus. Mais si vous ne remontez pas dans votre voiture et ne disparaissez pas, il se pourrait que mon doigt presse accidentellement sur la détente.

— Nous avons une bonne raison d'être ici, a vite dit Eric. Nous recherchons une femme qui travaillait ici.

— Il n'y a plus personne ici, excepté des insectes et des fantômes. C'est une propriété privée. Donc, n'envisagez même pas la possibilité de fouiller les vestiges de ce triste endroit.

— Jamais nous ne ferions une telle chose ! a protesté Varina.

Chase s'est avancé, un sourire apaisant aux lèvres. Il a montré d'un geste les décombres calcinés.

— Pourriez-vous nous raconter ce qui s'est passé ?

— Je le pourrais, mais il faudrait que je le veuille. Qui êtes-vous donc ?

— Je suis Chase Rinaldi. Et, a-t-il ajouté en nous montrant du doigt, voici mes amis Allison Beaumont, Eric Prince et Varina Fergus.

Le regard de la femme s'est brièvement attardé sur Varina avant de se reporter sur Chase.

— Reena Bond, propriétaire du Sea Escapes, s'est-elle présentée en désignant du doigt la boutique d'articles d'inspiration aquatique située à côté.

— Vous devez donc connaître la propriétaire du Sailor's Delight, Tansy Norris, ai-je lancé avec empressement. Nous devons absolument lui parler.

— Le Sailor's Delight n'existe plus.

Elle a plissé les yeux, comme pour nous jauger, puis a secoué la tête.

— C'était une jolie boutique de cadeaux avant l'incendie. Une vraie tragédie.

— Je suis désolé, a gravement dit Eric.

— Mais je n'ai rien perdu, *moi*. Mon commerce n'a pas été touché, a-t-elle fait en montrant le Sea Escapes. N'empêche que cela me désole pour Tansy.

— Que lui est-il arrivé ? a demandé Varina d'une voix teintée d'appréhension. J'espère qu'elle va bien.

— Seuls les anges le savent, a sombrement répondu la femme. Tansy Norris, bénie soit son âme, s'est endormie dans la nuit de samedi dernier et ne s'est jamais réveillée.

— Elle est morte ! me suis-je écriée en échangeant un regard stupéfait avec mes amis.

— Navrée, mais c'est ainsi. Un pompier l'a sortie de là, mais elle avait inhalé trop de fumée.

La femme a abaissé son fusil, le doute cédant la place à la tristesse sur son visage buriné.

— Vous la connaissiez bien ?

— Pas vraiment, ai-je répondu. Nous sommes à la recherche de sa cousine, Jessica Hart.

— Jamais entendu ce nom. Tansy et moi n'étions pas intimes à ce point. Elle était très réservée.

— Vous ne vous souvenez pas avoir rencontré Mme Hart, une femme qui me ressemble un peu ? a demandé Varina en effleurant sa chevelure aux reflets roux. Il est très important que nous la retrouvions. Pouvons-nous compter sur votre aide ?

— Aide-toi, et le ciel t'aidera, a-t-elle vivement déclaré. Je suis désolée, mais cela ne me concerne pas.

— Comment l'incendie s'est-il déclenché ? ai-je interrogé.

— Accidentellement, selon le shérif. Tansy aurait oublié d'éteindre un brûleur de la cuisinière, a répondu Reena en haussant les épaules. Mais j'en doute.

— Pourquoi ? ont demandé Chase et Varina d'une seule voix.

— Parce que Tansy n'était pas négligente. Mais elle avait au moins un ennemi.

Elle a replacé sous sa casquette une mèche de cheveux foncés qui s'en était échappée.

— Un type est venu la voir, le matin avant l'incendie, et ils ont eu une discussion animée.

— Ils se sont querellés ? a questionné Eric.

— Et comment ! Je n'ai pas entendu ce qu'ils se disaient, mais ils semblaient très en colère. Et en partant, l'homme, un type basané et chauve, a claqué la porte si brutalement que les tableaux accrochés au mur de ma boutique ont vibré.

Elle a marqué une pause en passant sa paume tannée sur son front.

— Puis, cette nuit-là, le Sailor's Delight a été détruit par un incendie. À mon avis, cela n'a rien d'un accident.

Un accident *délibéré*, ai-je songé avec tristesse. Ce qui m'a rappelé mes deux « accidents » avortés. Ajoutez à cela le message de menace, et le véritable accident était que je sois encore en un seul morceau.

— Le shérif a-t-il interrogé ce type ? a demandé Chase en se penchant en avant.

— Pas que je sache. Personne ne le connaissait. Mais je me rappelle qu'il avait un accent, a fait Reena en fronçant les sourcils.

— Comme le mien ? a demandé Eric.

— Non. Plutôt espagnol ou italien.

Elle a posé le pied sur un amas de bois calciné et de coquillages brisés, les repoussant du canon de son fusil. Elle s'est penchée et a récupéré un coquillage rosé, sale mais à la volute encore parfaite, et l'a enfoui dans sa poche.

— Vous croyez donc qu'il serait revenu et aurait provoqué l'incendie ? ai-je demandé.

— C'est possible. Mais, a-t-elle ajouté en sourcillant, on ne peut rien sans preuve.

J'ai échangé un regard avec mes amis, consciente que nous soupçonnions tous Victor. Il était chauve, il avait un accent et il souhaitait retrouver la docteure Hart.

La tristesse m'a envahie à la pensée de Tansy. Si seulement nous avions pu la sauver. Mais nous étions arrivés trop tard.

— Il est préférable que vous partiez.

Reena a serré les lèvres en une mince ligne et elle a relevé son fusil.

— Vous n'avez rien à faire ici. Sauf si vous souhaitez passer à côté et faire des courses chez moi.

J'ai considéré les ruines calcinées. Puis j'ai regardé le fusil menaçant.

— J'aimerais bien faire des courses, ai-je promptement répondu.

Et je n'ai pas été étonnée que mes amis se montrent tous d'accord.

Peu après, j'étais l'heureuse propriétaire d'une chouette veilleuse fabriquée à partir d'un oursin et d'un shampooing biologique aux algues. Varina s'était procuré un t-shirt orné d'un paysage marin et Eric, debout au tiroir-caisse, réglait l'achat d'un poisson de caoutchouc, un jouet destiné à son chien. Chase n'avait rien acheté ; il allait et venait d'un pas nerveux, comme un fauve en cage. J'ai remarqué qu'il entourait son oreille de sa main en cornet, comme il le faisait souvent lorsqu'il sollicitait son ouïe exceptionnelle.

Contournant un filet orné de coquillages et de bois flotté, je me suis approchée de lui.

— Et alors ? ai-je demandé.

Il a posé un doigt sur ses lèvres, puis a incliné la tête vers l'arrière-boutique.

— Il se passe un truc étrange ici. J'entends des bruits derrière cette porte. Il y a quelqu'un à l'arrière.

— Mais Reena a affirmé qu'elle s'occupait seule de sa boutique.

— Précisément, a fait Chase en haussant ses sourcils foncés. Dis à Eric de venir ici, mais sans laisser voir que nous entretenons des soupçons.

— Afin qu'il utilise sa super vision ?

Chase a opiné, à la suite de quoi je me remise à déambuler dans la boutique, feignant de flâner avec nonchalance, mais frémissant d'impatience.

Sourire aux lèvres, je me suis approchée du tiroir-caisse.

— Hé, Eric, il faut que tu voies cette ravissante mouette sculptée.

— Je n'aime pas les mouettes, a-t-il rétorqué pendant que Reena enregistrait son achat.

— Tu vas aimer celle-là, ai-je insisté en lui agrippant fermement le bras. Viens. Maintenant.

— Va, petit, a dit Reena avec un sourire sans méfiance. Va la voir. Peut-être trouveras-tu autre chose à acheter.

Les yeux d'Eric ont croisé les miens, et je lui ai retourné un regard entendu. Ses yeux noirs se sont écarquillés et son expression s'est animée. Message reçu. Il a promptement remercié Reena, puis m'a suivie à l'autre bout de la pièce, où Chase et Varina discutaient à voix basse.

— J'ai entendu quelque chose, j'en suis convaincu, chuchotait Chase. Mais c'est maintenant le silence, là derrière.

Il a levé un regard soulagé sur Eric qui arrivait.

— Donne-moi un coup de main, Eric.

— Bien sûr. Que puis-je faire ?

— Tu vois cette porte à l'arrière ?

— Ouais, a fait Eric en hochant la tête. Il est écrit dessus « Réservé aux employés ».

— Reena nous a affirmé qu'elle s'occupait seule de sa boutique, pourtant j'ai entendu un truc bouger là-dedans, a expliqué Chase. Tu pourrais y jeter un de tes super regards ?

— Bien sûr, a souri Eric en retirant ses lunettes en vue de percer la porte du regard. Je vais faire de mon mieux.

Grâce à sa vision de clone créée par la formule Enhance-X25, il était capable de voir à travers les objets, de même qu'à une distance de près de deux kilomètres. Mais privé de ses lunettes, qui le stabilisaient, sa vue puissante lui faisait perdre l'équilibre et le rendait maladroit, et il ressemblait davantage à Clark Kent qu'à Superman. J'ai donc croisé les doigts et souhaité qu'il ne trébuche pas ni ne brise un truc excessivement cher.

Tandis qu'Eric faisait le point sur la porte, j'ai jeté un coup d'œil vers Reena qui nous observait depuis l'autre bout de la pièce. Elle avançait les lèvres avec curiosité, et j'ai compris qu'elle était sur le point de venir s'enquérir du motif de nos messes basses.

Consciente que continuer à chuchoter ainsi ne ferait qu'accroître ses soupçons, je me suis écartée de mes amis et ai feint d'admirer un assortiment de cailloux polis et de cristaux.

— Magnifiques ! me suis-je écriée d'une voix assez forte pour attirer son attention. Reena, ai-je fait en soulevant d'une main ferme une améthyste aux multiples facettes, combien est-ce ? Cela ferait un joli pendentif.

Je pouvais presque voir des signes de dollar étinceler dans les yeux de Reena lorsqu'elle m'a annoncé un prix ridiculement élevé. S'inclinant vivement, elle s'est emparée d'une seconde améthyste et m'a suggéré d'en faire des pendants d'oreille. Tandis qu'elle s'extasiait sur les pierres, j'ai jeté un coup d'œil vers Eric.

Soudain, sa bouche s'est ouverte, et il a bruyamment hoqueté.

— Je n'arrive pas à y croire ! s'est-il exclamé. C'est tout le portrait de Varina !

CHAPITRE 23

— Jessica Hart! me suis-je écriée, en laissant échapper l'améthyste qui est allée heurter les autres cailloux polis.

— HÉ! a tonné Reena. Que se passe-t-il?

Mais Chase, Varina et Eric s'élançaient déjà vers la porte interdite. Chase l'a atteinte le premier, l'a brusquement ouverte et s'est engouffré à l'intérieur.

— Personne n'a le droit de pénétrer dans l'arrière-boutique! a crié Reena en manquant renverser un marin sculpté dans le bois. SORTEZ!

Sans tenir compte de Reena, j'ai foncé devant elle et ai franchi la porte sur les talons de mes amis. Reena a continué de protester, mais j'étais déjà à l'intérieur de la pièce, dont j'ai fait le tour d'un seul coup d'œil ; un petit studio avec un coin-cuisine, un salon, un téléviseur et une salle de bain adjacente. Il ne s'agissait pas d'un entrepôt. Quelqu'un habitait ici — et cette personne venait tout juste de filer par une porte ouvrant sur le stationnement situé à l'arrière.

— Elle monte dans une voiture ! s'est exclamé Eric.

— Nous avons également une voiture, a lancé Chase pendant que nous nous jetions tous dehors, les événements se précipitant à une telle vitesse que j'en avais la tête qui tournait.

— Elle s'enfuit ! nous a crié Eric en pointant du doigt une Saturn bleu pâle, dont la portière venait de claquer et dont le moteur grondait déjà.

— Par ici ! a hurlé Chase en s'élançant vers notre voiture.

Sans hésiter, j'ai foncé sur la portière arrière de la berline du professeur Fergus et me suis engouffrée à l'intérieur. Eric s'est abattu à côté de moi. À l'avant, Varina bouclait déjà sa ceinture tandis que Chase lançait le moteur et se lançait en chasse dans un rugissement.

— Accrochez-vous ! nous a sommés Chase en braquant brusquement le volant à droite et en accélérant.

Loin devant, la voiture bleue a pris de la vitesse, sa conductrice transgressant toutes les limites permises dans sa hâte de s'échapper.

Varina a lancé un coup d'œil vers la banquette arrière, les lèvres contractées par l'angoisse.

— Eric, elle me ressemblait vraiment ?

— Il me semble, mais en plus vieille et en plus sérieuse. Ses cheveux d'un roux foncé m'ont également rappelé les tiens. Mais elle semblait effrayée.

— Elle avait peur de nous ? a fait Varina, étonnée. Mais pourquoi ? Nous ne voulons que l'aider.

— Peut-être qu'elle ne…, a attaqué Chase, mais il s'est interrompu quand une énorme semi-remorque s'est glissée devant lui.

Il a brusquement freiné, ralentissant jusqu'à rouler au pas tout en hurlant :

— Hé ! Accélère, mon vieux !

Mais la semi-remorque s'est bornée à nous répondre d'un sombre jet de fumée de gazole. Chase a juré dans sa barbe, puis s'est brutalement déporté dans la voie de gauche et a dépassé le camion à toute vitesse.

— Beau boulot, ai-je dit à Chase.

— La voiture bleue est toujours devant, a fait remarquer Eric. Mais nous ne la rattrapons pas. Plus vite, Chase !

— J'ai déjà le pied au plancher !

— Tu fais ça comme un chef, a dit Varina en lui tapotant l'épaule. J'espère seulement que nous allons la rattraper… surtout si elle est ma… la docteure Hart.

— Si c'est le cas, c'est que Reena nous a menti, ai-je dit avec emportement. Pendant tout ce temps, elle savait que Jessica Hart était là. Chase ! La voiture bleue vient de s'engager sur cette route secondaire.

— J'y suis. Accrochez-vous bien.

Chase a empoigné le volant, retenant son souffle à la vue des voitures fonçant à vive allure en sens inverse, puis, dans un brusque écart, il a fendu le trafic véloce. Un chauffeur a klaxonné, mais nous foncions déjà sur la route étroite, loin de la route principale, vers une vaste plaine et l'horizon lointain fait d'une bande de nuages et d'océan.

Où allait cette femme ?

La route s'est faite plus cahoteuse, dans une succession ininterrompue de collines et de verts pâturages. La voiture bleue a brièvement disparu dans un creux, puis elle est réapparue sur la pente ascendante et s'est éloignée davantage.

— Elle nous échappe ! ai-je crié, en enfonçant les doigts dans le siège devant moi. Allez, Chase ! Plus vite !

Chase n'a pas répondu, mais j'ai entrevu dans le rétroviseur ses mâchoires crispées et la détermination d'acier de ses yeux gris-bleu. S'il était humainement possible de rattraper cette voiture, Chase y arriverait.

— Là, cette route devant nous ! a-t-il crié soudain. Je pense qu'en l'empruntant, nous réussirons à la devancer.

J'ai regardé, mais n'ai vu que des collines, des champs d'un jaune verdâtre et quelques vaches. Il y avait bien un genre de sentier de terre battue fait d'herbes couchées et de cailloux, mais cette « route » était davantage destinée aux vaches : deux traces inégales s'enfonçant dans l'herbe haute et déboulant vers une lointaine route asphaltée. Elle était sans aucun doute accidentée, et semée d'ornières et d'obstacles rocheux. J'ai ouvert la bouche dans le but de protester contre ce « raccourci », mais il était trop tard — nous nous faisions déjà secouer et balloter sur nos sièges comme des Beanie Babies[2].

Varina a poussé un cri aigu, Eric a grogné et, faisant appel à ma force, je me suis fermement agrippée dans l'espoir de ne pas défoncer le toit.

---

2 N.d.T. : Animaux en peluche remplis de minuscules billes de plastique.

La route s'enfonçait, puis s'élevait en formant des angles bizarres, secouant la berline comme un gobelet de carton sur une mer en furie.

— Nous y sommes presque! a lancé Chase, en bifurquant brusquement pour contourner une mare d'eau, mais sans toutefois l'éviter complètement, et un jet de boue a éclaboussé les glaces de la voiture.

— Oncle Jim va avoir une crise cardiaque en voyant sa voiture, a maugréé Varina.

— Pas si nous lui ramenons la docteure Hart, a rétorqué Eric, toujours optimiste.

— S'il s'agit bien d'elle, ai-je glissé.

Je ne l'avais pas aperçue, et il me semblait étrange que le clone adulte de Varina veuille nous fuir. La docteure Hart connaissait l'existence de Varina, entretenait même une sorte de lien psychique avec elle, pourquoi donc fuirait-elle? C'était absurde.

Nous avons quitté le sentier de terre battue et, après un brusque virage à gauche, notre voiture s'est retrouvée sur la route plane. La Saturn bleue n'était plus qu'à quelques longueurs de nous.

— Nous avons de la veine! s'est réjoui Chase. Il y a un chantier de construction devant. Elle va devoir ralentir, et nous pourrons alors la rattraper.

— Bravo, Chase! s'est écriée Varina.

Excitée, je me suis penchée en avant. Des cônes orangés balisaient la route et un panneau annonçait des travaux plus loin, sur le pont. Oui! Nous avions gagné du terrain, nous touchions presque le pare-chocs de la voiture. Je ne distinguais que la vague silhouette de la conductrice, et j'aurais bien aimé être assez près pour voir son visage, histoire de vérifier si elle ressemblait à Varina.

Sur le pont étroit, une femme agitait un drapeau rouge pour intimer aux conducteurs de s'immobiliser. Tout près, une grue monstrueuse a relevé sa pelle, pivoté et laissé choir de la terre, des branches et des débris détrempés tirés de la rivière dans la benne d'un camion. Le camion s'est ensuite reculé vers l'entrée du pont, ses bips tonitruants avertissant les gens de s'écarter de son passage.

— Nous l'avons…, a commencé Chase, mais il s'est arrêté en voyant la voiture bleue continuer sur sa lancée au lieu de ralentir à l'approche du chantier, renversant du coup plusieurs cônes orangés et les projetant vers notre voiture. L'un des cônes a foncé vers notre pare-brise, mais Chase a réussi à l'éviter en braquant à droite.

— Elle est cinglée!

J'ai secoué la tête, n'en croyant pas mes yeux.

— Ou désespérée, a fait Varina d'un ton grave.

Eric a tendu le doigt.

— Elle se dirige toujours vers le pont.

— Mais la benne en bloque l'accès! a hoqueté Varina. Elle va se tuer!

À la vue de la voiture bleue se précipitant sur le camion-benne, je me suis couvert le visage de mes mains. Faisant fi des cris des ouvriers, la voiture n'a pas ralenti. Le camion se déplaçait lentement, son chauffeur visiblement inconscient du danger.

La voiture bleue s'est soudainement déportée vers la gauche, évitant le camion par un cheveu et frôlant un montant du pont. Puis, elle a pris de la vitesse sur le pont et a disparu de l'autre côté.

Chase avait ralenti, mais il tambourinait impatiemment le tableau de bord de ses doigts, et j'ai saisi l'éclat d'une froide détermination dans son regard.

— Je ne peux pas laisser tomber maintenant. Accrochez-vous! Je vais franchir le pont!

CHAPITRE 24

— Non, Chase ! a protesté Varina, le visage déformé par la peur, en lui touchant le bras. Ne fais pas ça !

— Mais nous allons la perdre !

— Nous l'avons déjà perdue, a tristement déclaré Varina, sa voix traduisant sa peine et sa confusion. S'il te plaît, arrête.

— Ouais, a acquiescé Eric. C'est trop dangereux.

— Je suppose que vous avez raison.

Les épaules de Chase sont retombées lorsqu'il a freiné pour ralentir à l'approche du chantier de construction. Une fois la route dégagée, il a soupiré et fait demi-tour.

Nous n'avons rien dit pendant le désolant trajet de retour vers le Sea Escapes. Il n'y avait rien à dire. Au lieu de trouver des réponses, nous n'avions aujourd'hui que soulevé de nouvelles questions.

Il ne nous restait plus qu'à espérer que Reena répondrait à certaines d'entre elles.

Mais lorsque nous sommes arrivés au Sea Escapes, il n'y avait pas de voiture sur le stationnement, mais un grand écriteau sur la porte.

Fermé.

Sur le long chemin de retour vers la maison, nous avons brassé des idées et avancé diverses possibilités. Plus nous discutions, plus nous étions déconcertés. Pourquoi la femme se cachait-elle dans l'arrière-boutique ? S'agissait-il de la docteure Hart ? Que penser de la mort tragique de Tansy dans l'incendie ? Victor en était-il responsable ? Mais pourquoi aurait-il assassiné Tansy, puisque c'est la docteure Hart qu'il visait ?

Les questions étaient trop nombreuses. Pas étonnant que j'aie eu mal à la tête lorsque nous sommes arrivés chez le professeur Fergus. Quand j'ai ouvert la portière, la brise a soufflé sur moi, et j'ai senti les effluves âcres de l'incendie. L'odeur en imprégnait ma peau et mes cheveux.

Chase est descendu de la berline et, en balançant les clés du bout des doigts, il nous a précédés dans la maison.

Le professeur Fergus nous a accueillis dans le hall d'entrée, impatient de savoir comment s'était déroulée notre expédition. Son regard brillant d'espoir m'a brisé le cœur, sachant à quel point il serait bouleversé en apprenant l'incendie et la fuite d'une femme ayant sans doute été l'amour de sa vie.

N'ayant pas la force de regarder les espoirs du cher homme être réduits à néant, j'ai laissé les autres lui fournir des éclaircissements et déclaré que j'allais me mettre au lit de bonne heure.

— Attends, Allison, a dit le professeur en tendant la main pour prendre une boîte sur la table basse. Tu as reçu ceci par livraison express.

— Vraiment ?

Je n'étais pas d'humeur, mais je *raffolais* des cadeaux. Ma mère m'avait-elle envoyé à l'avance un présent pour mon seizième anniversaire ? Je lui manquais peut-être, tout compte fait.

Mais ce n'était pas un colis de ma mère adoptive — mais de ma génitrice. Cressida Ray.

J'ai attendu de regagner l'intimité de ma chambre — en compagnie de Varina, bien sûr — pour déchirer l'emballage pourpre et argenté.

— Ooh ! me suis-je écriée, éblouie, en découvrant une longue combinaison transparente, d'un jaune lumineux, assortie d'une tunique ivoire. S'y ajoutaient une paire de sandales à brides et à talons hauts ornées de délicates boucles jaunes, un rang de perles dorées et des boucles d'oreilles en or originales en forme de fleurs.

— Waouh! a doucement soufflé Varina, sans voix.

— Cressida est une fée marraine pour moi.

— Eh bien, revêts ta robe, Cendrillon, m'a taquinée Varina. Allez.

Je ne me le suis pas fait dire deux fois. Je me suis vite débarrassée de ma salopette et ai enfilé la robe légère. J'ai tourné sur moi-même, ravie de sentir la dentelle me caresser les jambes. Me précipitant vers le miroir de plain-pied, je suis allée admirer ma nouvelle allure.

J'y ai vu une personne que je n'ai pas immédiatement reconnue. Elle rayonnait d'assurance. L'étrangère dans le miroir avait ma figure et ma silhouette, mais elle était différente, comme si l'essence de Cressida s'était mêlée à la mienne.

— Tu es superbe, a fait Varina.

— Peut-être pas superbe, mais pas mal, ai-je souri en y allant d'une autre pirouette devant la glace. Hé, j'ai l'air d'une mannequin.

— Après tout, c'est dans ton ADN.

— Je n'ai jamais caressé le rêve d'être mannequin.

J'ai scruté mes yeux sombres, ayant l'impression de contempler Cressida et non pas moi.

— Mais je n'en avais jamais fait l'expérience. Je suis peut-être née pour être mannequin.

— Tu es née pour être toi.

Varina s'est assise sur le lit, à côté de la boîte ouverte.

— Je crois que tu dois forger ton propre destin.

— C'est possible.

Mais je n'en étais plus aussi certaine — je ressentais soudainement le vif désir de me pavaner et de poser devant l'appareil photo. Dommage que je ne puisse même pas faire un petit bout d'essai.

— Ne devrais-tu pas lire la lettre ? a demandé Varina, en montrant du doigt une longue enveloppe beige au fond de la boîte.

Je ne l'avais pas remarquée, mais je me suis empressée de l'ouvrir et de lire le bref message.

Allison chérie,

J'espère que tu aimeras notre toilette « jumelle ». Je m'en suis également acheté une. La prochaine fois que nous sortirons ensemble, nous nous ressemblerons vraiment.

À jeudi.

Avec amour, Cressida

J'ai considéré les derniers mots. Bien entendu, elle ne m'aimait pas vraiment — elle me connaissait à peine. Mais plus nous nous fréquenterions, plus elle s'apercevrait que nous étions des âmes sœurs.

Levant les yeux, j'ai vu Varina qui fixait l'enveloppe beige d'un air étrange.

— Allison, je crois que tu devrais examiner cela de plus près, a-t-elle fait en se grattant le front et en étudiant la lettre. Où est l'autre lettre que tu as reçue aujourd'hui ?

— Quelle lettre ? ai-je répondu, m'interrompant aussitôt au souvenir de l'affreuse lettre de menace que j'avais découvert dans mon casier. Oh, cette lettre-*là*.

— Ouais. « Les clones morts ne révèlent pas de secrets ».

— Dans ma poche.

Je suis allée prendre ma salopette et j'ai tiré de sa poche arrière l'enveloppe froissée.

Varina l'a examinée en sourcillant.

— C'est bien ce que je croyais.

— Quoi ? ai-je demandé.

— Regarde la lettre de Cressida, puis regarde la lettre de menace, a dit Varina en les posant côte à côte sur la commode.

Les enveloppes beiges étaient semblables. Non — en fait, elles étaient identiques, jusqu'au petit dessin doré au bas. Et le papier à lettres était également identique.

Mon cœur a failli cesser de battre, tant j'étais frappée d'incrédulité.

C'était invraisemblable, et pourtant il n'y avait pas d'autre explication.

Les deux lettres avaient été écrites sur le papier à en-tête de Cressida.

CHAPITRE 25

Varina n'a pas réussi à m'en dissuader.

Lorsque je prends une décision, je ne reviens pas là-dessus. Et j'avais décidé de passer la journée avec Cressida. Je n'allais pas rater l'occasion d'en apprendre davantage sur mon double génétique. Je nourrissais aussi l'intention de découvrir qui m'avait envoyé la lettre de menace. Bien entendu, ce n'était pas Cressida. Qui alors ?

C'est la question qui me tracassait en ce jeudi matin, alors que j'étais assise à l'intérieur d'une caravane où Shirley, la coiffeuse de Cressida, s'affairait à me gonfler et à me laquer les cheveux. Cressida avait souhaité que je me fasse maquiller et coiffer, et j'avais accepté. J'ai donc fermé les yeux sous le nuage de laque dont l'odeur âpre m'a presque fait suffoquer.

Jusqu'à présent, cette mise en beauté n'avait rien d'amusant.

Shirley, une femme bien tournée avec un tas de taches de rousseur et une masse de boucles marron, travaillait vite et en silence. Au final, je me suis retrouvée avec une cascade de cheveux délicatement ondulés me caressant les épaules.

À la suite de quoi elle a sorti une trousse de maquillage d'un petit placard et a commencé à me tartiner le visage de fond de teint. Pendant qu'elle s'activait, j'ai ressenti une impression bizarre. Celle de la connaître. Les taches de rousseur, les boucles rousses et la petite bouche me semblaient étrangement familières.

Puis, j'ai pigé.

— Sarah Ann ! ai-je fait en claquant des doigts. Vous appartenez à la même famille, n'est-ce pas ?

— Ne bougez pas, a-t-elle grommelé en attrapant un mouchoir en papier pour éponger du fard à paupières sur ma joue.

— Vous ne m'avez pas répondu.

— Je me concentre sur mon travail, et je vous conseille d'en faire autant.

— Dites-moi juste si vous êtes liée à la belle-fille de Cressida ?

— Évidemment, a-t-elle fait, et j'ai vu dans la glace ses lèvres se tordre en une moue ironique. Sarah Ann est ma fille.

— Je le savais! Mais pourquoi travaillez-vous pour Cressida? Enfin, vous êtes l'une comme l'autre l'ex-femme de Jackson. Ce doit être si étrange.

— Bavardez-vous toujours autant? a-t-elle demandé d'un ton sarcastique.

— Non, ai-je souri. Habituellement, je bavarde davantage, mais je suis fatiguée ce matin. Donc, pourquoi travaillez-vous pour Cressida?

— Elle m'a engagée. C'est aussi simple que cela.

Elle a posé son bâton de brillant à lèvres et haussé les épaules.

— Par ailleurs, je le fais pour Sarah Ann.

— Pourquoi?

— Ma fille mérite qu'on lui donne la chance d'être mannequin. Son père refuse d'être son agent, il dit qu'elle n'a pas l'allure requise, mais je ne suis pas de son avis. Sarah Ann a l'étoffe d'une vedette. Vous vous en êtes aperçue, non?

— Euh, je suppose.

En fait, je n'avais rien vu de tel.

— Ma Sarah Ann a du talent, et elle mérite qu'on lui donne sa chance. Je suis prête à tout pour l'aider.

Sa voix vibrait d'émotion, et cela m'a touchée. Quelle mère dévouée, aimante ! J'aurais bien aimé que ma mère lui ressemble. Mais ma mère, ambitieuse et ordonnée, se préoccupait de son emploi du temps, pas de sa fille unique. Je me suis demandé si Sarah Ann connaissait sa chance.

C'est tout ce que j'ai réussi à tirer de Shirley. Naturellement, mes pensées se sont égarées du côté de la lettre de menace. Nul besoin de posséder la mémoire exceptionnelle de Varina pour retenir les huit mots fatidiques.

Les clones morts ne révèlent pas de secrets.

Dans un premier temps, j'avais cru que Victor en était l'auteur, mais je n'en étais plus aussi certaine. Il était certes dangereux, mais il voulait connaître les secrets des clones, et non m'empêcher de les lui révéler.

Qui avait envoyé cette lettre ? Et pourquoi avait-on utilisé le papier à lettres de Cressida ? Souhaitait-on ainsi attirer les soupçons sur elle ?

— C'est fait, a déclaré Shirley, en retirant le drap plastifié couvrant mes épaules.

J'ai regardé dans le miroir et cillé en me voyant transformée d'adolescente dégingandée en tentatrice séduisante. Avec mes lèvres fardées de pêche brillant, mes pommettes rehaussées et mes yeux sombres dramatiquement ombrés, je ressemblais encore davantage à Cressida.

Les frontières du temps s'étaient évanouies et fondues entre elles sous le pinceau de la maquilleuse.

— Attendez ici, je vais aller informer Cressida que j'ai terminé.

Shirley s'est levée et a quitté la caravane.

La porte s'est refermée en claquant, j'ai pivoté dans mon fauteuil et j'ai examiné la pièce. Elle faisait office à la fois de salon, de salle de maquillage et de bureau.

Le coin bureau a attiré mon regard.

Après un rapide coup d'œil par la fenêtre pour m'assurer que personne ne m'observait, j'ai traversé la pièce et commencé à fureter. Le bureau supportait un ordinateur, une imprimante, un télécopieur, une corbeille d'arrivée et une corbeille de départ. N'étant pas un as de l'informatique comme Eric, je n'ai pas touché à l'ordinateur et me suis contentée d'ouvrir les tiroirs.

Dans le premier, j'ai trouvé des documents administratifs, des trombones, une agrafeuse, des papillons autocollants, des stylos, une boîte d'agrafes et des élastiques. Dans le suivant, j'ai trouvé encore des papiers de même qu'une alléchante provision de cochonneries : Milky Ways, Three Musketeers et Kit Kats.

Dans le troisième, j'ai touché le jackpot. Il y avait encore des papiers, dont une boîte d'enveloppes beiges et du papier à en-tête assorti — le même papier et les mêmes enveloppes que ceux que j'avais reçus à deux reprises.

Prise de vertige, je me suis appuyée contre le bureau, inspirant profondément pour m'aérer. *Des preuves*. J'avais maintenant la preuve indéniable que la lettre de menace sortait d'ici. Pourtant, je n'arrivais pas à croire que Cressida était impliquée dans cette histoire. Il fallait que ce soit une autre personne ayant accès à cette caravane.

J'ai lancé un regard par la fenêtre sur les nombreux employés s'affairant autour des appareils photo ou des appareils d'éclairage, ou qui faisaient le pied de grue ou bavardaient sur des strapontins. Pour la plupart, ils m'étaient inconnus, mais j'en ai toutefois reconnu quelques-uns : Dolores, Jackson, Shirley, Sarah Ann et, bien sûr, Cressida.

L'un d'entre eux savait que j'étais un clone. Le clone de Cressida. Et l'un d'entre eux avait bloqué la fosse, dans laquelle je serais morte sans ma force hors du commun. Mais pourquoi me menacer et tenter de me faire du mal ? Ça ne tenait pas debout.

Après avoir soigneusement refermé les tiroirs, je suis vite retournée m'asseoir dans mon fauteuil. Et peu après, on a frappé à la porte.

Sarah Ann a jeté un coup d'œil à l'intérieur en repoussant ses boucles rousses.

— Cressida fait une pause et elle veut te voir, a-t-elle dit.

Elle affichait un visage impassible, pourtant je la sentais hostile. Je me suis demandé si elle était mon ennemie. Avait-elle découvert que j'étais un clone ? Ou était-elle tout simplement jalouse de ma relation naissante avec Cressida ? Jackson, son propre père, s'était extasié sur mon apparence au point de souhaiter m'engager alors qu'il l'ignorait. Elle avait mille raisons de me détester.

Ou Jackson m'avait-il envoyé la lettre de menace ? Mais pourquoi alors me proposer du travail s'il ne voulait pas que je traîne dans les parages ? À moins qu'il s'agisse d'un écran de fumée destiné à masquer des motifs inavoués. Mais quels motifs ? Et s'il savait que j'étais un clone, comment l'avait-il appris ?

Je me suis sentie gagner par la paranoïa.

Faute de maîtriser mes abominables doutes, j'allais perdre la tête.

J'ai donc inspiré profondément et suivi Sarah Ann à l'autre bout du parc. Tout en marchant, j'ai admiré le paysage paisible. Le Fulton Park était un endroit magnifique, blotti au pied d'une colline, où les hautes branches des sapins,

des pins et des chênes créaient une voûte ver-
doyante. Il abritait un petit zoo, des tables de
pique-nique et des sentiers pédestres serpentant
entre les arbres jusqu'à une rivière aux eaux
vives et étincelantes.

Il s'y trouvait aussi une aire de jeu avec
des balançoires, des toboggans et des cages
d'écureuil. Cette zone, réservée aux photos,
était ceinte d'un cordon, et Cressida s'y tenait
debout près des balançoires. Elle portait une
robe diaphane blanche et ses cheveux blonds
ruisselaient avec grâce sur ses épaules. En me
voyant, elle a agité la main.

Je lui ai répondu d'un signe de la main et
me suis dirigée vers elle. Tandis que je foulais
l'herbe, j'ai eu l'impression déplaisante d'être
observée.

Tournant la tête, j'ai inspecté les alentours,
mais je n'ai rien décelé d'inhabituel. Pourtant,
l'impression désagréable a persisté.

— Allison, tu es ravissante ! s'est écriée
Cressida en m'étreignant. Je suis si contente que
tu sois ici.

— Moi aussi.

— J'ai voulu te faire une surprise, et j'ai
réussi à persuader l'un des photographes de
nous tirer le portrait ensemble. Ce sera un souvenir de notre rencontre.

— Pourvu que je n'aie pas à poser, ai-je fait avec un rire tremblant. Rester assise sans bouger pendant des heures me semble bien difficile.

— Ce n'est pas plus difficile que l'escalade, a-t-elle rétorqué avec un sourire taquin. Pourtant, tu l'as fait, et très bien, comme une pro. Tu t'entraînes ?

— Pas vraiment, ai-je répondu en serrant les lèvres avec amusement. Mais je suis très forte. Vous en seriez étonnée.

— J'en suis convaincue, a-t-elle fait en me pressant affectueusement la main. Tout ce que j'ai appris à ton sujet m'a agréablement étonnée.

— Vous pourriez avoir encore quelques surprises. Mais je vous en reparlerai plus tard, lorsque nous serons tout à fait seules.

— Nous devrions pouvoir partir après la séance. Et je ne permettrai pas à Dolores ni à Jackson de s'interposer. Nous irons à mon hôtel ou à une galerie marchande pas très loin d'ici. Envie de faire des courses ?

— Toujours, ai-je badiné. Mes cartes de crédit ont soif d'action.

— Formidable, a-t-elle souri. Voici une fille comme je les aime.

Un homme que je ne connaissais pas nous a appelées. Cressida m'a expliqué qu'il s'appelait

Raleigh et était le « meilleur photographe du monde ».

Un moment plus tard, dans la chaleur des projecteurs tombant sur nous, le photographe a commencé à prendre des clichés. Je me sentais empesée à côté de Cressida qui posait gracieusement. Pour ma part, je bougeais avec autant de grâce qu'un robot perché sur des échasses. Même mon sourire était figé et peu naturel.

Donnez-moi un marteau, des clous et des madriers, ça me va. Si c'était ça, être mannequin, j'étais impatiente de me retrouver sur un chantier.

Et pendant tout ce temps, je continuais d'avoir l'impression étrange d'être observée. Lorsque je m'en suis ouverte à Cressida, elle s'est contentée d'agiter la main et de me répondre qu'il était normal qu'on me regarde étant donné ma transformation.

— Peut-être bien.

J'étais assise à côté d'elle, sur une balançoire, creusant le sable de mes pieds et jetant des regards anxieux autour. Les projecteurs aveuglants nous éclairaient comme autant de petits soleils artificiels.

Elle m'a tapoté la main, puis a replacé une mèche de mes cheveux.

— Détends-toi et amuse-toi.

— C'est ce que je fais. C'est formidable d'être ici. Vous êtes mannequin depuis longtemps ?

— Depuis mes dix-sept ans. Je n'ai jamais voulu faire autre chose.

— Vraiment ? ai-je dit en lui lançant un regard étonné. Vous n'avez jamais fait autre chose ?

— Pas depuis l'âge de dix ou onze ans. Je raffolais des poupées de papier et j'ai même créé ma propre collection de vêtements pour elles. Les Robes de Cress, a-t-elle dit en riant, le regard rêveur. Je rêvais de devenir une grande créatrice de mode.

— Pourquoi ne l'êtes-vous pas devenue ?

— J'avais déjà une carrière. J'étais la porte-parole de la pâte dentifrice White Delight, et j'avais aussi un petit rôle dans un feuilleton télévisé. Dolores commençait à gérer ma carrière, et c'était formidable. Évidemment, j'ai connu des hauts et des bas, mais je n'ai jamais cessé de travailler.

Elle a souri et m'a tendu la main.

— À propos de travail, je dois y retourner. Lorsque j'aurai terminé, nous aurons tout le temps de bavarder.

J'ai hoché la tête et suis allée m'asseoir à une table de pique-nique. Pendant un moment, je me suis contentée d'observer. J'ai remarqué que

Cressida s'activait un bref moment, à la suite de quoi elle faisait le pied de grue. Elle était peut-être la vedette, mais elle obéissait aux ordres, elle n'en donnait pas.

Lorsque Cressida est allée changer de tenue dans sa caravane, je me suis levée pour me dégourdir les jambes. J'ai délaissé l'éclat artificiel des projecteurs et suis allée flâner sous les arbres, en direction des cris des animaux du zoo tout près.

Le zoo était petit, guère plus vaste que le jardin de topiaires de mon père, cependant nettement plus intéressant, avec une amusante ménagerie d'animaux sauvages. On expliquait, sur des panneaux, que la plupart étaient des animaux blessés que l'on avait rescapés et qui se remettaient en captivité, à l'abri.

En voyant une lionne élégante, roulée en boule sous le soleil, remuer paresseusement la queue, j'ai pensé à Cressida. Elle aussi était d'une certaine façon un animal en cage, même si les barreaux la retenant prisonnière demeuraient invisibles. Elle vivait dans un environnement douillet, protégé, où des gens veillaient sur elle en l'admirant mais en la contrôlant. Elle possédait tout ce qu'elle désirait et semblait heureuse, mais était-ce suffisant ? Qu'était devenue la fillette qui créait les Robes de Cress ? Était-elle heureuse ?

Avec un soupir, j'ai déposé une généreuse obole dans la tirelire du zoo, puis suis repartie à pas lents vers le parc. J'apercevais l'éclat des projecteurs et des flashes à travers les arbres, et j'ai compris que Cressida était au boulot.

Alors que je traversais le parc, j'ai senti mes cheveux se dresser sur ma nuque et j'ai eu la conviction qu'on m'observait. J'ai aussi entendu des pas étouffés dans mon dos.

Je me suis arrêtée, j'ai pivoté et je me suis retrouvée devant une femme d'âge mûr, dont la tête était surmontée d'une montagne de cheveux d'un noir de velours. Et elle tenait quelque chose — un truc qu'elle braquait sur moi !

CHAPITRE 26

— Ne bougez pas! a ordonné la femme en levant son appareil photo et en m'assaillant de flashes aveuglants.

Clic, clic, clic. Son appareil crépitait à toute vitesse.

— HÉ! ai-je fait en me couvrant le visage de mes mains et en reculant. Que faites-vous?

— Mon travail. Allez, faites-moi un beau sourire.

— NON! Arrêtez!

— D'accord. Si vous le dites.

L'appareil photo s'est abaissé et j'ai remarqué que les yeux bleus de la femme étaient fardés de couleurs criardes, bleu, violet et argent. Elle s'est avancée vers moi, avec le regard prédateur d'un loup affamé.

— Quelques questions et je vous laisse. Quel est votre nom? Où Cressida vous a-t-elle dénichée? Êtes-vous sa fille illégitime?

— Quoi? me suis-je écriée, déconcertée. Qui êtes-vous?

— Dominique Eszlinger, d'*Exposé*!

Comme par magie, elle a tiré un petit magnétophone qu'elle m'a brandi à la figure.

— Vous êtes mannequin? C'est vraiment votre visage ou c'est le résultat d'une chirurgie plastique?

— Vous êtes folle!

— Contentez-vous de répondre à mes questions. Quel est votre lien avec…

— ÇA SUFFIT! a coupé une voix. Taisez-vous, Dominique.

Je me suis tournée vers une Cressida Ray très en colère. Elle est passée devant moi et a jeté un regard noir à Dominique.

— Vous n'êtes *pas* la bienvenue ici. Veuillez donc partir.

— Pas avant que j'aie obtenu une exclusivité. Est-elle votre fille?

— Ne soyez pas ridicule! a répondu Cressida avec un rire strident teinté de fureur. Vous me traquez depuis notre adolescence, depuis que je vous ai éliminée de la pub

Barky Beagle. Remettez-vous-en. Si j'avais été enceinte, vous l'auriez su.

— Alors, qui est cette fille ? a insisté Dominique, ses yeux d'un bleu de glace rétrécis et méfiants. Quelle est son histoire merdique ?

— La seule merde qui soit est celle que produit votre esprit. Et pour la recueillir dans sa totalité, il faudrait un camion à ordures.

Cressida a souri tandis que Jackson et une poignée d'hommes se rangeaient à ses côtés.

— Maintenant, veuillez partir, sinon mes amis se verront dans l'obligation de vous escorter jusqu'à la sortie.

Dominique l'a fusillée du regard, puis a tourné les talons et s'est éloignée à grands pas furieux.

— Waouh ! ai-je murmuré à l'endroit de Cressida. Qu'est-ce que c'est que cette histoire ?

— Rien d'important, a-t-elle répondu, mais j'ai remarqué que ses mains tremblaient.

Jackson l'a entourée de son bras.

— Ne laisse pas Dominique te bouleverser, Cressy.

— C'est plus fort que moi. C'est une peste, et je suis lasse qu'elle me pourchasse sans arrêt.

— N'y pense plus. Voici ce que nous allons faire : nous allons faire une pause pour casser la croûte et nous détendre. Qu'en penses-tu ?

— Merci, Jackson, a-t-elle répondu avec chaleur. Excellente idée.

En les observant, j'ai eu l'impression que le lien les unissant était plus profond qu'une simple relation professionnelle. Pourquoi donc avaient-ils divorcé ? Jackson était sans doute un peu vieux, mais encore très séduisant. Et la voix de Cressida s'adoucissait lorsqu'elle s'adressait à lui.

J'aurais posé ces questions, et d'autres encore, à Cressida là-dessus, mais Dolores a accouru et a pressé Cressida d'aller se reposer dans la caravane. Avec tous ces gens qui s'empressaient autour d'elle, je me suis retrouvée seule. Ce qui n'était pas plus mal. Je préférais être seule qu'entourée d'une foule de personnes me bousculant.

Après avoir avalé un sandwich, des chips et une pomme que j'avais attrapés sur le comptoir alimentaire, j'ai décidé d'aller me promener. Comme j'avais déjà vu le zoo, j'ai emprunté la direction opposée et me suis engagée sur le sentier bordé d'arbres conduisant à la rivière.

Des oiseaux pépiaient et voltigeaient au sommet des arbres, et j'ai vu un écureuil courir le long d'un tronc. Comme je m'approchais de la rivière, le tumulte des flots s'est intensifié. Après avoir péniblement franchi un sentier étroit et escarpé, je me suis retrouvée devant une ravissante cascade jaillissant des rochers ; un cadeau de la Nature niché entre des bosquets et des parois de grès. Le souffle coupé par tant de beauté, je me suis immobilisée pour la contempler.

La vue du torrent m'a en quelque sorte hypnotisée et baignée d'un sentiment de paix et de contentement.

— La nature est merveilleuse, hein ? a dit quelqu'un.

— Pardon ? ai-je dit en sursautant et en pivotant vivement. Chase ! Mais que fais-tu ici ?

Il a souri.

— Belle journée pour se promener dans les bois.

— Tu m'épiais !

— Je n'étais pas le seul. J'ai vu cette journaliste fouinarde et j'ai entendu ce qui s'est passé là-bas.

— Pourquoi, alors, ne m'as-tu pas avertie que Dominique me surveillait ?

— Elle m'a semblé inoffensive. Je juge plus important de veiller à ce que le crétin qui t'a envoyé la lettre de menace ne te fasse pas de mal.

— C'est le professeur Fergus qui t'a demandé de me suivre ?

— Non, c'était mon idée. Mais lorsque je lui en ai parlé, il a paru soulagé.

Songeant à la manière dont Jackson et Dolores surprotégeaient Cressida, je me suis hérissée.

— Je n'ai pas besoin d'un garde du corps.

— Tu en as un quand même.

— Oublie ça.

Une branche a effleuré ma main et je l'ai brisée en deux.

— Si cette branche était faite d'acier, je demeurerais capable de la rompre. Est-ce que j'ai l'air d'avoir besoin d'un protecteur ?

— Ta force ne suffit pas à te protéger de tout. Tu ne m'as même pas entendu, pourtant je t'ai suivie toute la journée.

Il a enroulé sa main en cornet autour de son oreille avant d'ajouter :

— Je suis capable de capter une conversation se déroulant à deux kilomètres d'ici et je peux…

Il s'est brusquement tu, les yeux écarquillés, puis il m'a agrippée par les épaules et m'a jetée au sol.

— À terre ! a-t-il crié.

Tout est devenu flou. J'ai entendu un pop et me suis retrouvée par terre, dans les cailloux et l'herbe. La tête me tournait, mon cœur cognait dans ma poitrine, et je n'avais pas la moindre idée de ce qui se passait.

— Chase! me suis-je écriée depuis le sol où j'étais recroquevillée. Que se passe-t-il?

Sans répondre, il s'est relevé d'un bond et élancé vers le sommet de la colline escarpée et boisée.

— Qu'est-ce que c'est que ce cirque? ai-je marmonné en m'assoyant lentement et en secouant la terre et les feuilles accrochées à mes cheveux.

Il y avait des accrocs dans mes bas de nylon, et la délicate robe de gaze était dans un piètre état. Zut! Comment allais-je expliquer cela à Cressida? Il valait mieux pour Chase qu'il ait eu une bonne raison de me jeter ainsi par terre.

Je me suis relevée et j'ai regardé à travers le feuillage épais.

Où était-il passé?

À l'instant où j'allais partir à sa recherche, Chase est revenu. Il avait la figure rouge et le front couvert de sueur.

— Merde. J'ai perdu sa trace.

— Un homme?

— Ou peut-être une femme. C'est Eric qui voit super bien, pas moi. Mais, Dieu merci, j'entends bien.

Il m'a gentiment touché le bras et a examiné ma figure.

— Tu n'as rien, n'est-ce pas ?

— Évidemment. Pourquoi je n'irais pas bien ?

— Tu l'ignores ?

Ses sourcils sombres se sont arqués de surprise. Il s'est ensuite rendu où nous nous trouvions lorsqu'il m'avait jetée au sol. Après avoir examiné les alentours, il s'est approché d'un gros rocher de grès.

— Regarde ça, a-t-il fait d'une voix grave.

Il m'a montré du doigt une tache sombre sur le grès.

Je me suis approchée du rocher et j'ai vu que la tache sombre était en fait un petit trou rond. En l'examinant de plus près, j'ai aperçu l'ombre d'un truc coincé à l'intérieur. Un petit caillou. Mais non, ce n'était pas un caillou.

— Une balle ! ai-je hoqueté, en m'affaissant entre les bras solides de Chase. Ce pop — c'était un coup de feu ! Quelqu'un nous a tiré dessus !

— Non, pas sur nous.

Le regard de Chase a croisé le mien, et il a ajouté d'un air lugubre :

— Sur toi. Quelqu'un a tenté de te tuer.

CHAPITRE 27

— Tu trembles, a dit Chase affectueusement. Et tes cheveux et tes vêtements sont dans un sale état. Je suis navré de t'avoir bousculée à ce point.

— Eh bien, pas moi.

J'ai réussi à sourire faiblement.

— Tu m'as sauvé la vie. Merci. Mais comment as-tu su?

— J'ai entendu le coup de feu au moment où il a été tiré. Tu étais debout juste devant ce rocher. Si tu n'avais pas bougé, la balle t'aurait atteinte à la tête.

— Aïe.

Je me suis touché la tête en frissonnant.

— C'est si incroyable. Quelqu'un a vraiment tenté de me tuer. Et cette fois, je ne peux pas prétendre qu'il s'agit d'un accident.

— Attends une minute, a fait Chase en me jetant un regard acéré. Qu'entends-tu par « cette fois » ?

Oups. Je n'avais pas prévu laisser échapper ces mots. Maintenant, j'allais devoir tout raconter à Chase et j'hériterais d'un garde du corps jusqu'à la fin de mes jours. Mais comme ma vie était en jeu, avoir un garde du corps n'était peut-être pas une si mauvaise idée.

Après avoir jeté un coup d'œil inquiet en direction du trou dans le rocher, j'ai tout raconté à Chase, de la chute des bardeaux sur ma tête jusqu'à mon séjour forcé dans la fosse de terre. Ajoutez-y la lettre de menace, et il devenait évident que quelqu'un voulait ma peau.

— Qu'est-ce qu'on fait maintenant ? ai-je demandé à Chase. On appelle la police ?

— Nous ne pouvons pas courir ce risque. Il faudrait leur montrer la lettre de menace et leur expliquer que nous sommes des clones.

Chase a secoué la tête.

— Nous devrons nous débrouiller seuls sur ce coup-là. Dommage que la balle soit coincée dans le rocher. Elle aurait constitué une excellente preuve plus tard.

— Tu la veux ? Pas de problème.

Je n'ai pu retenir un petit gloussement. Puis, j'ai posé les mains sur le rocher et me suis concentrée pour rassembler ma force.

Les mains autour du trou retenant la balle, j'ai pressé de toutes mes forces, jusqu'à ce que le rocher se fissure. Il s'est désagrégé, la balle s'est délogée, et je l'ai promptement recueillie dans ma paume. Petite, dure et tordue. Dire que ce petit caillou de métal aurait pu mettre un terme à mon existence.

— Tu es renversante.

Chase a souri lorsque je lui ai tendu la balle. Il l'a aussitôt enfouie dans la poche de sa chemise.

— Belle démonstration. Mais tu aurais dû nous raconter les autres trucs dont tu as été victime.

— Je suppose.

— Pourquoi ne l'as-tu pas fait ? a demandé Chase tandis que nous rentrions à pas lents sur le sentier menant au parc.

— Varina et Eric étaient au courant de l'incident avec les bardeaux. Mais depuis que Victor a menacé le professeur, tout a été si mouvementé. Et c'est devenu encore plus fou lorsque nous nous sommes lancés à la recherche de la docteure Hart. De plus, je n'avais pas envie d'avoir l'air paranoïaque.

J'ai tendu le bras pour écarter une branche basse.

— J'espérais n'être que sujette aux accidents.

— Une dalle de béton te coinçant accidentellement dans un trou ? a-t-il demandé avec scepticisme.

— Cela me semblait plus logique que l'idée de quelqu'un voulant délibérément me tuer, du moins jusqu'à ce que je découvre la lettre dans mon casier, ai-je dit avec un frisson. À ton avis, qui m'a tiré dessus ?

— J'aimerais bien accuser Victor, mais s'il devait tirer sur quelqu'un, ce serait sur moi. C'est moi qui ai les gènes d'un tueur.

— Peut-être vise-t-il mal ?

— C'est possible, a fait Chase en haussant les épaules. Mais ça me paraît peu probable.

— Je suis d'accord.

Je me suis rappelé notre terrifiante conversation téléphonique.

— Lorsque je lui ai parlé au téléphone, il semblait obsédé par le désir de mettre la main sur la formule Enhance-X25. Il ne semblait pas se préoccuper particulièrement de moi, et je suis certaine qu'il ne m'a pas envoyé la lettre de menace.

Je lui ai rapidement raconté que j'avais découvert du papier à lettres identique dans la caravane de Cressida.

— Le papier à lettres de Cressida ?

— Ouais, mais ne l'accuse pas. Une foule de gens a accès à sa caravane. Jamais Cressida ne me ferait de mal. Il s'agit de quelqu'un d'autre.

— C'est très étrange, a fait Chase en fronçant les sourcils. Dommage que je n'aie pas rattrapé le tireur. Mais ce salaud est loin maintenant.

— Ou tout près, à traîner à la séance de photos comme si de rien n'était, ai-je dit avec un frisson.

Nous avons atteint le sommet de la colline, à proximité des toilettes, et je suis allée boire un peu d'eau au robinet extérieur.

Chase a bu à son tour, les sourcils froncés par la concentration, et il m'a jeté un regard grave.

— C'est trop dangereux, tu ne peux pas rester ici. Rentre à la maison avec moi.

— Pas question ! ai-je protesté en plissant les lèvres. J'ai promis à Cressida d'aller faire du *shopping* avec elle un peu plus tard.

— Réveille-toi, Allison. Ta vie est en danger. À combien d'accidents penses-tu pouvoir survivre ? Il y a encore un type qui se balade avec un flingue dans le coin.

— Je ne vais pas prendre mes jambes à mon cou, ai-je répondu en croisant les bras sur ma poitrine. Ce type ne va pas remettre ça aujourd'hui. Je ne veux pas laisser tomber Cressida.

— Même si elle tente de te tuer ?

— Elle ne le tente pas. Ne parle pas d'elle en ces termes. Elle est une sœur pour moi, ou une mère. Et jamais elle ne me ferait de mal. Nous nous ressemblons trop.

— Uniquement parce qu'elle a ton ADN ? a-t-il demandé d'une voix basse qui m'a fait froid dans le dos. Dans ce cas, a-t-il continué, les yeux gris de colère, cela signifie qu'étant donné mon ADN, je suis un tueur.

— Ce n'est pas pareil, ai-je riposté. Tu ne ferais pas de mal à une mouche.

— Tu en es certaine ? a-t-il rétorqué.

Ne sachant que répondre, je me suis mordu les lèvres et dirigée vers l'aire de jeu. Chase m'a emboîté le pas, mais nous avons gardé le silence.

En arrivant à l'aire de jeu, j'ai constaté que les projecteurs et les appareils photo étaient à l'arrêt. Quelques membres de l'équipe, assis sur des travertins, sirotaient des sodas ou cassaient la croûte. Mais ni Cressida ni les membres de sa suite n'étaient là. J'en ai conclu qu'ils devaient se trouver dans la caravane, et je me suis donc dirigée vers l'aire de stationnement tout près.

Alors que nous atteignions les marches menant à la caravane, Chase s'est arrêté et m'a également signifié de m'immobiliser. Il a incliné la tête comme il le fait quand il se sert de sa super ouïe. Je savais qu'il entendait des choses que je n'avais pas la moindre chance d'entendre.

— Qu'est-ce que c'est ? ai-je voulu savoir.

— Chut ! a-t-il fait en posant le doigt sur ses lèvres. Ton mannequin et sa gérante pète-sec sont en train de discuter.

— Et puis ?

— Elles parlent de toi.

— Que disent-elles ?

Il a enroulé sa main en cornet autour de son oreille.

— La gérante…

— Dolores, ai-je précisé.

— Dolores vient de dire : « Cette fille t'obsède, et ce n'est pas sain. Tiens-toi loin d'elle. » Et ton mannequin a répondu : « Je vais agir comme il me plaît. Cesse de me traiter comme une enfant. »

— Bravo, Cressida, ai-je murmuré, ravie qu'elle fasse preuve de courage. Quoi d'autre ?

— Dolores a dit : « Tu devrais te soucier de ta santé. N'oublie pas ce que les médecins ont dit. » Cressida a répondu : « Mais que savent-ils, les médecins ? Selon eux, mon cœur aurait dû me lâcher il y a cinq ans. Mais je suis toujours là. »

Chase s'est tu, puis a repris :

— Maintenant, Dolores est furieuse. Elle a dit : « Ne sois pas puérile ! Tu t'affaiblis de jour en jour. »

— Je sais qu'elle a le cœur faible, ai-je confié à Chase. Mais elle n'est pas malade. Juste fragile.

— Cela semble plus grave que cela, a dit Chase, la tête toujours inclinée en position d'écoute. Dolores dit...

Ses yeux se sont écarquillés et il a hoqueté.

Il s'est promptement redressé et m'a saisi la main.

— J'en ai assez entendu. Tu sors d'ici.

— Non, ai-je fait en me dégageant d'une secousse. J'ai un boulot à terminer.

— Tu ne peux pas rester avec ces gens.

— Pourquoi ? ai-je demandé. Je ne peux pas partir comme ça.

— Il le faut. Je crois savoir pourquoi on a voulu te tuer.

— P-pourquoi ?

— Parce que tu es le clone de Cressida.

Il a levé la main et l'a pointée gravement vers moi.

— Et ton double génétique a besoin d'un nouveau cœur.

CHAPITRE 28

Ça ne pouvait pas être vrai.

Enfin, on ne peut quand même pas tout bonnement arracher le cœur d'une personne et le coller dans le corps d'une autre. La médecine était plus compliquée que cela. Il y avait des listes d'attente, des médicaments, et le risque de rejet de la greffe. Le recyclage des organes humains exigeait le concours des médecins et une préparation soignée. Très compliqué.

Mais le clonage était aussi très compliqué, et pourtant j'en étais le fruit.

Il était difficile d'ignorer les faits. Chase avait entendu Dolores déclarer à Cressida qu'un nouveau cœur résoudrait tous ses problèmes. Ajoutez-y les tentatives d'assassinat sur ma personne et la lettre de menace, et je ne pouvais reprocher à Chase de tirer des conclusions hâtives.

Mais Dolores irait-elle jusqu'au meurtre pour sauver la femme qui l'employait ?

Il m'était étrange de songer qu'on voudrait me tuer pour mon cœur. Cela relevait de la science-fiction, pas de la vraie vie.

Cependant, d'une façon saugrenue, cela se tenait. Cressida avait besoin d'un nouveau cœur, et qui mieux que son propre clone pouvait lui fournir un organe compatible ? Quelqu'un avait découvert pourquoi je lui ressemblais tant, et cette personne — probablement Dolores — souhaitait maintenant me disséquer comme un spécimen de laboratoire destiné à fournir des organes de rechange.

Alerte majeure au chiot malade.

D'accord, j'avoue. J'étais terrifiée, et mon premier réflexe a été de prendre mes jambes à mon cou. De m'enfuir loin, très loin. Mais je ne pouvais me barrer sans d'abord parler à Cressida. Un lien indéniable s'était forgé entre nous, et je ne voulais pas la blesser.

J'ai donc refusé de partir.

J'ai croisé les bras et tenu tête à Chase. Il fulminait, comme un volcan lâche des jets de vapeur juste avant l'éruption. Mais au lieu d'éclater, il s'est contenté de me dévisager en jurant dans sa barbe. À la suite de quoi, il a tourné les talons et s'est éloigné à grands pas jusqu'à ce qu'il disparaisse dans un épais bosquet. J'ai eu l'impression qu'il n'était pas loin, cependant, et qu'il me surveillait discrètement.

Peu après, je suis allée m'asseoir à une table de pique-nique et j'ai observé Cressida. Elle posait sur une balançoire de l'aire de jeu et s'inclinait en arrière, les orteils à quelques centimètres du sol, tandis que des gens la recoiffaient, la remaquillaient et lui lançaient des ordres.

Les idées se bousculaient dans ma tête, et je me suis demandé lequel de ces personnages « amicaux » entourant Cressida voulait ma peau.

Dolores était évidemment la principale suspecte. Elle était aux petits soins avec Cressida, comme une mère ; elle était nettement plus dévouée que l'employé lambda. Mais sa dévotion irait-elle jusqu'au meurtre ?

Et Jackson. Il était à la fois son employé et son ex-mari. Double motif. Debout à côté de Cressida, il la couvait affectueusement du regard. Il l'aimait toujours, j'en étais certaine. Mais tuerait-il pour lui sauver la vie ?

J'avais mal à la tête et j'étais glacée. J'ai passé le reste de l'après-midi à surveiller et à soupçonner tout le monde, depuis le photographe jusqu'à Sarah Ann. La même question m'accaparait sans relâche l'esprit : « Qui d'entre vous a tenté de me tuer ? »

À la fin de la journée, lorsque l'équipe a remballé ses trucs, j'étais mentalement épuisée. Cressida semblait également lasse. Elle était affreusement pâle. Son état m'a effrayée. Et j'ai eu peur.

Avais-je retrouvé mon âme sœur uniquement pour la perdre aussitôt ? La greffe constituait-elle son unique chance de survie ? À défaut de greffe, combien de temps lui restait-il à vivre ?

C'est sans surprise qu'elle a annulé notre séance de *shopping*.

— Navrée, a fait Cressida les yeux baissés sur ses doigts avec lesquels elle jouait. Mais je suis lessivée et je ne tiens plus debout. Je dois me reposer. Nous pourrions peut-être nous revoir demain ?

— Pour faire du saut à l'élastique ? ai-je plaisanté pour dissimuler ma confusion.

— D'accord. Mais tu sautes d'abord, a-t-elle répondu avec un demi-sourire. Sérieusement, j'ai aimé t'avoir ici. C'est si facile d'être avec toi, et bien que je sache que tu n'as pas envie d'être mannequin, tu devrais quand même tenter le coup. Je crois que tu es faite pour cela.

— Et le détecteur de mensonges vient de sauter les plombs, l'ai-je taquinée.

— Mais non. Honnêtement. Les clichés de cet après-midi seront formidables. Attends de voir les tirages.

Les tirages. En entendant ce mot, je me suis crispée, me rappelant le bout de métal tordu que j'avais extirpé du rocher. Cette balle aurait pu me réduire la cervelle en bouillie — même si mon cœur avait continué de battre dans un autre corps.

J'étais censée rentrer chez moi dans la limousine de Cressida, mais Chase a surgi et a proposé de me raccompagner. Il a servi un mensonge lamentable à Cressida, affirmant se trouver dans le coin et être venu me soutenir.

Sur le chemin du retour, Chase n'a guère parlé, et j'ai compris qu'il m'en voulait encore. Trop lasse pour m'en préoccuper, j'ai simplement fermé les yeux. Lorsque je les ai rouverts, nous nous engagions dans l'entrée des Fergus.

— Merci de m'avoir secourue aujourd'hui, ai-je dit à Chase en débouclant ma ceinture.

Il s'est contenté de hausser les épaules en éteignant le moteur.

— Je suis sincère. Tu m'as vraiment sauvé la vie.

— Le cœur, tu veux dire, a-t-il fait, mais son expression était plus amicale, et j'ai compris qu'il n'était plus furieux.

En sortant de la voiture, j'ai répété dans ma tête le récit que j'allais faire à Eric, à Varina et au professeur Fergus des attentats dirigés contre moi. Je ne souhaitais pas tout déballer froidement, donc j'allais peut-être commencer par revenir sur l'accident au chantier, puisqu'ils étaient déjà au courant, et enchaîner jusqu'au coup de feu d'aujourd'hui.

La nuit était presque tombée, et plusieurs fenêtres de la maison à deux étages étaient éclairées. J'ai décelé du mouvement dans la cuisine et reconnu la tête rousse de Varina.

— Varina est là, ai-je déclaré en pointant la fenêtre pendant que nous nous éloignions de la voiture. Tu devrais aller lui parler.

— Pourquoi?

— Pour vous réconcilier. Elle voulait te demander de l'accompagner quelque part, mais le fait que tu prennes le parti de Sandee l'a irritée.

— Elle ne connaît même pas Sandee.

— Mais elle te connaît, ai-je fait remarquer. Et peut-être que… mais juste peut-être… qu'elle craint que tu aies des sentiments pour Sandee? Est-ce le cas?

— Bien sûr que non. En plus, je possède les gènes d'un tueur. Je n'imposerais pas cela à une chic fille.

Il m'a lancé un regard sombre, puis s'est éloigné et a gagné sa chambre du rez-de-chaussée.

Convaincue que j'avais gaffé, je suis allée à la cuisine. Debout devant le plan de travail, Varina tranchait des légumes en vue d'une salade.

— Allison. Je me demandais quand tu allais rentrer.

— Eh bien, me voici, mais je suis épuisée. Je veux juste me retirer dans ma chambre et me reposer jusqu'au dîner. La journée a été longue.

— Tu t'es amusée ?

— En quelque sorte, ai-je reconnu. Je n'ai pas envie d'être mannequin, mais c'était amusant d'observer. Ç'aurait été plus amusant si on n'avait pas tenté de me tuer.

— QUOI ? s'est écriée Varina en laissant tomber la carotte qu'elle tranchait.

Et je lui ai raconté.

— C'est terrible ? s'est-elle exclamée à la fin de mon récit. Je me souviens à quel point j'ai eu peur lorsque Victor a braqué son flingue sur moi. Remercions le ciel que Chase ait été là et se soit porté à ton secours.

— Ouais. Il est formidable.

Sauf pour ses humeurs changeantes, ai-je failli ajouter.

— Je pense beaucoup trop à Chase. J'aimerais juste savoir ce qu'il ressent pour moi, a-t-elle fait avec un soupir songeur. Lorsque vous étiez ensemble, t'a-t-il parlé de moi?

J'ai hésité, mon regard a croisé ses yeux verts empreints de douceur, et j'ai balancé entre la vérité et le mensonge. Il faut toujours se montrer honnête, mais détruire les espoirs de Varina était au-dessus de mes forces.

Je lui ai donc affirmé que Chase n'avait rien dit à son sujet.

Il serait toujours temps de lui révéler la vérité.

Pour le moment, il était préférable de mentir.

CHAPITRE 29

Avant que Varina ait pu m'interroger davantage, j'ai entendu la porte s'ouvrir et des voix se relancer.

— On dirait bien qu'Eric vient de rentrer, a dit Varina en jetant les tranches de carotte dans un bol à salade et en se détournant du plan de travail. Lui et Starr ont dîné ensemble.

— C'est donc là qu'il était. Seigneur, j'en ai raté des trucs en ne me présentant pas à l'école.

Varina a ouvert la porte et souri.

— Je suis curieuse d'apprendre comment les choses évoluent entre les deux tourtereaux.

— Moi aussi, ai-je acquiescé en la suivant dans le couloir.

L'idée que le très sérieux Eric sorte avec la très extravagante et très populaire Starr me

stupéfiait encore. J'espérais qu'elle ne lui brise-
rait pas le cœur.

Mais en pénétrant dans le hall d'entrée et en
voyant le sourire béat sur les lèvres d'Eric et de
Starr, il m'a paru que personne n'avait le cœur
brisé.

Varina a pouffé et je me suis raclé la gorge.

Surpris, Eric a reculé d'un bond et sa tête a
heurté la porte d'entrée entrouverte.

— Euh, salut, s'est-il empressé de lancer, sa
peau sombre virant au cramoisi. Je, euh, je ne
vous avais pas vues.

— Je me demande bien pourquoi, l'ai-je
taquiné.

— Je suppose qu'il est temps que je parte.

Starr a souri, visiblement ravie. Ses lon-
gues boucles d'oreille en forme de lune frôlant
sa veste de denim brodé ont oscillé. Elle était
vêtue d'un jean confortable bleu marine et d'une
chemise pourpre décolletée qui moulait sa silhouette galbée. Elle a fait un pas en avant et a
embrassé Eric sur la joue.

— On se voit demain, au lycée.

Eric a opiné, la contemplant d'un air extatique. Puis, il s'est tourné vers moi et a paru
remarquer mon air sérieux.

— Tout va bien ?

— Eh bien…

J'ai inspiré profondément.

— Je vais tout vous raconter plus tard, lorsque le professeur Fergus rentrera. Ainsi, je n'aurai pas à me répéter.

— Bien sûr, a acquiescé Varina.

— Je déteste être tenu en haleine, a gémi Eric, mais il n'a pas discuté.

À l'arrivée du professeur Fergus, nous nous sommes rassemblés dans son bureau.

— De quoi s'agit-il, cette fois ? C'est au sujet de Jessica ?

— Non, a fait Chase. Lorsque j'ai téléphoné à Reena, au Sea Escapes, j'ai laissé sonner, mais en vain. Elle nous évite.

— Puisque c'est comme ça, je vais m'y rendre en personne et exiger qu'elle me dise la vérité, a répondu le professeur avec irritation. Je dois savoir ce qui est arrivé à Jessica. Si elle a des ennuis, je veux l'aider.

— Nous allons finir par le découvrir, a assuré Varina.

Eric s'est soudainement levé.

— Oncle Jim, je viens de penser à un autre truc qu'il faudrait vérifier. Je peux utiliser l'ordinateur ?

— Je t'en prie, a fait le professeur avec un geste de la tête vers son bureau.

Eric a traversé la pièce, allumé l'ordinateur et s'est vite mis à l'œuvre.

— Tu souhaitais discuter de quelque chose, Allison ? a demandé Chase d'un air entendu.

— Je suppose, ai-je dit avec réticence.

Inspirant profondément, je leur ai raconté l'incident du Rock Climbing Castle et celui du coup de feu dans le parc.

— On a tenté de te tuer non pas une mais *deux* fois ? s'est écrié Eric à la fin de mon récit.

— On dirait bien.

J'ai hoché la tête en détournant le regard, mal à l'aise.

Varina a sourcillé.

— Peut-être même trois fois, en comptant l'incident des bardeaux.

— Ouais, a fait Eric en me lançant un regard sombre. Tu aurais dû nous en parler plus tôt.

— Je vous en parle maintenant.

Eric a froncé les sourcils vers moi par-dessus l'ordinateur.

— Tu aurais pu mourir.

— Mais je n'ai rien, ai-je fait en tenant à me justifier. Et je ne voulais vous inquiéter.

— Eh bien, pour ton information, nous sommes inquiets, a dit Eric aigrement. C'est toi qui dis que nous sommes des « cousins clones » et pourtant tu nous juges indignes de ta confiance et de la vérité.

— Allison, c'est extrêmement grave.

Le professeur Fergus s'est incliné sur son bureau, le front barré d'un pli soucieux.

— Je savais que Victor était dangereux, mais je le croyais uniquement intéressé par la formule. Je suis stupéfait qu'il s'en prenne à toi.

— Mais ce n'est pas lui.

Tout en jouant avec la pointe d'une mèche de cheveux, je leur ai raconté avoir découvert du papier à lettres semblable dans la caravane de Cressida.

— Il s'agit d'une personne travaillant pour Cressida.

— Tu dois donc te tenir loin d'elle, a fait le professeur en frottant la cicatrice surmontant son sourcil.

— Non ! Encore une seule matinée, et je serai constamment entourée de gens. S'il vous plaît, laissez-moi y aller.

— C'est hors de question, a insisté le professeur Fergus.

— Mais si je n'y vais pas, ils vont se demander pourquoi et poser des questions.

— Elle devrait peut-être y aller, a dit Chase. Je vais demeurer près d'elle et je ne la quitterai pas des yeux. À force de traîner dans les parages et d'écouter ce qui se dit, je vais peut-être arriver à découvrir ce qu'il se passe.

— Tu crois ? a demandé le professeur Fergus, dubitatif.

— Ça vaut le coup d'essayer, a fait Chase en hochant la tête. Nous courons *tous* un danger si quelqu'un est au courant de l'expérience de clonage. Je vais peut-être découvrir un truc important.

— Fort bien. Mais soyez prudents.

Le professeur Fergus, les mains tremblant légèrement, m'a lancé un regard empreint de gravité.

— Soyez prudents, tous les deux. J'aurais préféré que tu ne mettes pas aussi longtemps à nous révéler ces incidents. Tu me déçois, Allison. Finis, les secrets. Compris ?

— Ouais.

J'ai hoché la tête, apathique, envahie par le sentiment d'avoir laissé tomber mes amis. Et c'est bien ce que j'avais fait. Eric est retourné à l'ordinateur, et j'ai senti que je l'avais déçu. Varina semblait également troublée.

Pendant un moment, seul le bruit des doigts d'Eric frappant le clavier s'est fait entendre. Soudain, il s'est écrié :

— Hé, j'ai trouvé quelque chose !

— Quoi ? a demandé le professeur Fergus.

— Des renseignements sur Tansy Norris et l'incendie.

Eric s'est tu avant d'ajouter :

— Et cela explique pourquoi Reena Bond nous a menti.

CHAPITRE 30

— Pourquoi Reena mentirait-elle ? a demandé Varina.

— Pour protéger quelqu'un, a répondu Eric.

Il nous a alors expliqué comment il avait eu l'intuition de chercher des renseignements sur Reena Bond. Mais il n'avait trouvé aucun renseignement de nature professionnelle ou personnelle. Curieux. Il avait donc fouillé du côté de son entreprise, le Sea Escapes.

— Et devinez qui en est la propriétaire ? a fait Eric en gesticulant avec excitation. Tansy I. Norris.

— Mais elle est morte dans l'incendie, ai-je fait remarquer.

— Non, a répondu Eric en secouant la tête. Reena a inventé cette histoire pour détourner

notre attention. Reena est le surnom d'Irene —
comme dans Tansy *Irene* Norris.

— Reena est en fait Tansy?

Le professeur Fergus a caressé sa barbe en
sourcillant nerveusement.

— Pas étonnant qu'elle ait caché Jessica.
Mais cela n'explique pas pourquoi Jessica s'est
enfuie en vous voyant. Je dois me rendre là-bas
et parler à Reena.

— Elle débitera encore des mensonges, a
fait Chase.

— Nous l'obligerons à nous révéler la vérité,
a déclaré Varina.

— Et je serai avec vous cette fois et je vous
soutiendrai, a dit le professeur Fergus. Je fais
passer des tests demain, mais je suis libre
samedi. Nous irons alors.

Varina, Eric et Chase ont opiné.

— J'irai également, ai-je glissé. J'avais prévu
être bénévole sur le chantier, mais je peux
reporter cela. Je préférerais vous aider.

Eric m'a lancé un regard sceptique.

— Ne te crois pas obligée de nous faire une
faveur.

— Je veux y aller.

Il a haussé les épaules. Le professeur Fergus
s'est alors mis à discuter de notre voyage. J'étais
assise au milieu de mes amis, mais j'avais le

sentiment déplaisant d'être tenue à l'écart. Visiblement, Eric m'en voulait encore d'avoir dissimulé des secrets, et je ne le lui reprochais pas.

Les doigts d'Eric ont couru sur le clavier de l'ordinateur. Il a sifflé doucement et annoncé qu'il avait trouvé un article sur l'incendie du Sailor's Delight. L'incendie était probablement d'origine criminelle ; on déplorait des pertes matérielles, mais aucune perte humaine.

Tansy/Reena nous avait sciemment menti.

Cette nuit-là, j'ai rêvé à un incendie, senti les flammes brûlantes m'entourer et entendu des voix m'accuser de mentir. La souffrance et la peur tourbillonnaient au cœur des flammes tandis que j'affrontais une horde d'accusateurs sans visage. « Mais je n'ai rien fait de mal », essayais-je de leur expliquer. Mais personne ne m'entendait.

C'est avec soulagement que j'ai ouvert les yeux et constaté que j'étais bien à l'abri dans mon lit. Mieux encore, je n'avais pas à me rendre au lycée aujourd'hui. Et en dépit du danger, j'étais impatiente de revoir Cressida.

Quelques heures plus tard, j'étais assise dans la caravane tandis que Shirley maquillait Cressida d'une main experte. Allongée sur un canapé près d'elles, je feuilletais un magazine et sirotais du thé glacé. J'ai remarqué que malgré son lourd maquillage, Cressida était très pâle.

— Vous vous sentez bien ? lui ai-je demandé.

— Tout à fait, mais j'ai encore sommeil.

Cressida a fermé les paupières lorsque Shirley a vaporisé un nuage de laque.

— Je ne suis pas une fille de matin.

— Moi non plus. Je suis toujours en retard. Vous ne voulez même pas connaître le nombre de notifications de retard que j'ai récoltées.

— Je ne te le demanderai pas, a-t-elle souri. À la condition que tu ne me demandes combien de fois les photographes ont dû m'attendre. Je serais sans doute toujours en retard si mon chauffeur n'était pas aussi rapide. Heureusement, Leo est très discipliné et très organisé. Je suis tellement habituée à ce qu'il veille sur moi que je ne possède même pas de permis de conduire.

— Ah non ? ai-je fait en reposant le magazine. Je meurs d'impatience d'obtenir le mien. Je pourrai alors m'inscrire à un cours d'apprentie charpentière. Je rêve de faire ce boulot.

— La construction ? a répété Cressida avec dégoût.

J'ai remarqué que Shirley écarquillait les yeux. J'ai souri, ravie de les étonner. Les gens s'étonnaient souvent de mon choix de carrière.

— J'aime travailler durement, ai-je expliqué.

Et je leur ai décrit la joie que j'éprouvais à construire une maison pour des gens dans le besoin. Poursuivre un but me procurait un sentiment agréable, et l'enthousiasme a fait grimper ma voix.

— Mais pourquoi choisir un travail aussi éreintant ? a demandé Cressida. Ne préférerais-tu pas quelque chose d'amusant ?

— Mais *c'est* amusant, construire. J'aime le défi qui consiste à commencer de zéro, avec presque rien si ce n'est les matériaux de base, et à voir s'ériger un édifice.

— Mais tu récolteras des ampoules et des callosités. Et le soleil est mauvais pour la peau. Choisis plutôt un métier qui rapporte bien et qui offre d'excellentes conditions de travail.

— Comme le mannequinat ? ai-je avancé, amusée.

— Pourquoi pas ? Cela m'a bien servie.

Et elle s'est lancée dans une description animée des avantages extraordinaires que lui procurait son travail : voyages en Europe, croisières dans les Caraïbes, défilés pour les rois de ce monde, admirateurs éperdus d'admiration. Il est vrai que tout ceci était séduisant, et pendant un moment je me suis laissé entraîner par le fantasme de défiler sur un podium à Paris, dans le crépitement des flashes et les applaudissements des admirateurs.

Je devais l'admettre, l'idée était impressionnante.

Shirley a déclaré avoir terminé, et Cressida s'est levée et s'est examinée dans la glace. Ses blonds cheveux étaient relevés et retenus en place par des peignes étincelants laissant échapper quelques boucles autour de son visage. Elle portait une robe vaporeuse faite d'un léger tissu gaufré qui froufroutait comme le vent à chacun de ses pas.

Pendant un moment, je me suis vue à sa place. Plus âgée, mature et sophistiquée. Très différente de la fille en salopette qui enfonçait des clous et dégageait une odeur de sciure de bois. Et je me suis demandé qui j'étais en réalité — quelle femme j'allais devenir.

La séance de photos s'est déroulée sans heurts. Assise sur un banc proche, j'ai observé avec attention. J'avais apporté un magazine pour tuer le temps, mais je n'y ai pas jeté un seul coup d'œil. J'étais totalement captivée par le savoir-faire et l'élégance de mon clone. À la fin de la séance, lorsque l'appareil photo a cessé de crépiter, je me suis sentie triste.

Fini. Terminé. Adieu, *glamour* ; bonjour, réalité.

Cressida allait monter dans sa limousine, grimper à bord d'un avion et s'envoler hors de mon existence. Elle me manquerait.

Je suis retournée à la caravane pour y attendre Cressida. Peu après, la porte s'est ouverte, et Cressida s'est glissée à l'intérieur.

— Tu es seule? a-t-elle dit en refermant la porte avec un coup d'œil furtif par-dessus son épaule.

— Ouais. Pourquoi?

J'ai torsadé mes cheveux en catogan que j'ai entouré d'un chouchou.

— Nous n'avons pas beaucoup de temps. Dolores me suit de près.

Elle parlait d'une voix basse et feutrée.

— C'est une vraie mère poule, et elle n'approuvera jamais mon idée.

— Et puis? Cessez donc de la laisser vous bousculer.

— Elle est ainsi, et la plupart du temps cela ne me dérange pas. Mais depuis qu'elle m'a surprise à faire de l'escalade, son attitude a empiré. Elle croit que tu exerces une mauvaise influence sur moi.

— Moi? C'est n'importe quoi!

— Je lui ai dit qu'elle était ridicule, mais il n'y a pas de pire sourd que celui qui ne veut pas entendre. J'ai donc imaginé une façon de te revoir avant de partir.

— Oui ? ai-je demandé, remplie d'espoir.

— Tu parles ! a-t-elle fait, le regard espiègle. Dans un premier temps, je vais rentrer à l'hôtel faire mes valises. Puis, je vais déclarer être trop lasse pour sortir dîner et préférer manger dans ma chambre. Dolores ne voudra pas me laisser, mais je vais la convaincre d'aller dîner avec Jackson et Sarah Ann et célébrer la réussite de la séance de photos.

Je me suis adossée au plan de travail et lui ai lancé un regard perplexe.

— Et quel est mon rôle ?

— Mon chauffeur ira te cueillir et te ramènera à l'hôtel où nous dînerons en tête-à-tête, sans interruption.

— Mais pourquoi devez-vous agir en cachette ? ai-je fait en fronçant les sourcils. Si vous souhaitez me voir, dites à Dolores et à Jackson de nous laisser.

— Oh, je n'oserais pas. Ce serait me montrer ingrate après tout ce qu'ils ont fait pour moi. Ils veillent à tout pour moi, me rendent la vie agréable.

— Ou vous tiennent en cage, ai-je marmonné.

Mais elle s'était tournée vers la fenêtre et n'a pas semblé m'entendre.

— Dolores arrive. Promets-moi de me retrouver plus tard.

— Et si je n'arrive pas à m'enfuir ?

— Il le faut. Nous devons discuter d'un truc, seule à seule.

— Ah oui ? ai-je fait le cœur battant. Et de quoi ?

— C'est trop compliqué pour en discuter maintenant. Mais cela a trait à ton avenir. S'il te plaît, viens.

— Eh bien…

Hésitante, je me suis mordu les lèvres. Je mourais d'envie d'entendre ce que Cressida avait à me dire, mais je savais que je devrais d'abord obtenir l'autorisation du professeur Fergus. La curiosité affrontant le bon sens.

La curiosité l'a emporté. J'ai murmuré « d'accord » et hoché la tête à l'instant même où la porte s'ouvrait et Dolores se précipitait à l'intérieur.

— Cressida, pourquoi n'es-tu pas en train de te reposer ? Tu vas te retrouver à l'hôpital si tu ne prends pas davantage soin de toi.

— J'allais justement m'allonger, a répondu Cressida en m'adressant un clin d'œil avant de se diriger vers le canapé.

La gérante a tourné son attention vers moi.

— Allison, tu es prête à partir? La limousine t'attend.

— Mais oui.

Je me suis tournée vers Cressida et l'ai saluée de la main. J'ai failli ajouter « À plus », mais je me suis mordu la langue.

À l'extérieur, j'ai vu la limousine dont le moteur tournait au ralenti sur le stationnement. Au lieu de marcher vers elle, j'ai hésité et cherché du regard une camionnette rouge. Où était Chase? Je savais qu'il avait passé la journée dans les parages à veiller sur moi. Mais je ne le voyais pas, ni sa camionnette.

Je me suis dirigée vers la limousine, mais je me suis arrêtée en entendant un grondement de moteur familier. La camionnette rouge est apparue au coin du stationnement. Chase a baissé la glace et m'a fait signe d'aller le retrouver.

J'ai vite crié à Leo qu'il n'aurait pas à me raccompagner, et suis allée rejoindre Chase.

— Merci, lui ai-je dit en me glissant dans la camionnette. Tu as trouvé cela ennuyeux de m'attendre toute la journée?

— Oui et non.

— C'est-à-dire?

— Attendre est d'un ennui mortel. Tu es restée assise à ne rien faire pendant des heures.

— Hé, ce « rien » était amusant.

— C'est la fille énergique qui préfère les clous aux bas de nylon qui vient de prononcer ces mots ?

Il m'a lancé un regard étonné.

— Est-ce que je parle à la VRAIE Allison Beaumont ?

— Non. Je suis son clone, ai-je plaisanté.

— Ce n'est pas drôle, a-t-il riposté, mais j'ai remarqué qu'il souriait.

Il a enfoncé l'accélérateur et nous avons quitté l'aire de stationnement.

— Bon, tu as failli mourir d'ennui ou tu as entendu des trucs intéressants ? lui ai-je demandé.

— Quelques trucs croustillants, a-t-il fait, les yeux étincelants. Un photographe a dragué une fille en minijupe — jusqu'à ce qu'il reçoive un coup de fil de sa femme.

— Aïe !

— Et un autre type s'est plaint à son copain que son slip était trop serré.

— Aïe, aïe ! ai-je pouffé. Autre chose ?

— Ouais. La rousse, Sarah Ann, a raconté à sa mère qu'elle s'était déniché un agent.

— Sarah Ann a un agent ? Formidable ! Mais son père doit fulminer, ai-je souri. Jackson ne prenait pas les ambitions de Sarah Ann très au sérieux. Je parie qu'il le regrette maintenant.

— Ça se pourrait.

Chase a changé de voie après avoir regardé dans le rétroviseur.

— Et j'ai entendu autre chose. Mais je ne sais pas comment te le dire.

— Pourquoi?

— Dolores a reçu un appel sur son cellulaire. Elle a laissé entendre en chuchotant que le moment était mal choisi, puis s'est rendue dans la caravane dont elle a verrouillé la porte.

Il a ralenti à un panneau ordonnant de céder le passage.

— Qui l'appelait?

— La fouinarde.

— Dominique Eszlinger?

— Ouais, a-t-il fait en hochant la tête. Dolores lui a déclaré qu'elle avait une bonne exclusivité. Elle a affirmé qu'elle pouvait établir que Cressida avait une fille.

Il m'a lancé un regard grave.

— *Toi*.

CHAPITRE 31

— C'est n'importe quoi! me suis-je écriée. Pourquoi Dolores fournirait-elle de fausses informations à la schlingueuse?

— Elle ne les lui *fournissait* pas, a fait Chase. Elle les lui *vendait*, a-t-il ajouté après avoir marqué une pause. Et à fort prix.

— C'est abject. Je n'arrive pas à croire qu'elle ait trahi Cressida.

J'ai tourné la tête et regardé par la glace le défilement flou des champs et des lotissements résidentiels. J'ai considéré la possibilité que Cressida soit véritablement ma mère. Le professeur Fergus s'était-il trompé à mon sujet? C'était peut-être une autre fille que l'on avait clonée dans le laboratoire flottant. Mais dans

ce cas, d'où me viendrait cette force exceptionnelle ? Et cette cicatrice sur ma cheville, là où on
avait inscrit dans la chair d'Eric, de Varina et de
Chase leur tatouage de clones ?

J'ai soupiré. J'avais beau désirer que Cressida
soit ma mère, je savais que c'était impossible.

Changeant de position sur le siège du pas-
sager, j'ai interrogé Chase :

— Qu'as-tu entendu d'autre ?

— Une fois que la journaliste eut accepté
de lui verser une somme exorbitante, Dolores a
expliqué que Cressida n'avait pas donné le jour
physiquement, et qu'elle ignorait en fait avoir
une enfant.

— Mais alors, comment puis-je être sa fille ?

Une pensée effroyable m'a assaillie.

— Auraient-ils découvert l'expérience de
clonage ?

— Non, pas du tout. Il y a dix-sept ans,
Cressida a fait congeler des ovules dans une
clinique de fertilité. Elle souhaitait ainsi se
réserver la possibilité d'avoir des enfants une
fois sa carrière terminée. Mais la clinique a été
cambriolée et on a volé ses ovules. Dolores croit
qu'ils ont été vendus sur le marché noir. Et, a fait
Chase en baissant la voix, elle affirme que tu es
issue de l'un de ces ovules.

— C'est ridicule !

— L'est-ce vraiment? a demandé Chase en s'engageant dans le quartier bordé d'arbres où nous habitions. Tu ne t'es jamais demandé comment Victor s'était procuré l'ADN requis pour nous cloner? Il ne pouvait quand même pas le demander. Il a probablement engagé quelqu'un pour le voler.

Les paroles de Chase ont fait leur chemin dans mon esprit, et tout s'est éclairé. Il avait raison. Mais pourquoi Dolorès vendrait-elle ces renseignements de nature éminemment personnelle à la schlingueuse? Son dévouement à l'endroit de Cressida était de la comédie? Ou le motif était peut-être plus sinistre. S'il devenait de notoriété publique que j'étais la fille de Cressida, il serait alors censé, si jamais j'étais victime d'un « malheureux accident », qu'elle hérite de mon cœur.

J'ai posé la main sur ma poitrine, sentant le rassurant battement de mon cœur à l'intérieur. J'étais une personne à part entière — mon cœur n'était *pas* à vendre.

J'étais glacée, bien que n'ayant jamais cédé à la paranoïa, préférant demeurer optimiste et espérer le meilleur, mais j'étais consciente que si je n'y prenais garde, je finirais par avoir peur des ombres et des moindres bruits. Cressida avait sans doute déjà été débordante d'assurance et d'indépendance. Mais quand on est manne-quin, on doit obéir aux ordres et on est dorlotée. Sa gérante s'occupait de sa carrière, et son agent lui facilitait la vie. Au fil du temps, Cressida en était venue à s'appuyer sur eux, à se perdre.

Mais je n'avais pas l'intention ni de me perdre ni de perdre la vie. Et je n'allais pas me contenter d'attendre passivement, à me demander qui voulait ma peau. J'allais décou-vrir qui me menaçait, même si je devais pour cela révéler à Cressida être son clone.

Évidemment, dans un premier temps, elle serait bouleversée. Mais si Dolores disait vrai au sujet des ovules volés, Cressida s'était sans doute déjà demandé si elle avait un enfant dont elle ignorait l'existence. Et c'était bel et bien le cas, en quelque sorte. Mais j'étais plus que sa fille : j'étais son double. Et lorsqu'elle en pren-drait conscience, notre amitié adopterait une tournure spéciale : nous formerions une famille.

La camionnette a ralenti et nous nous sommes garés devant la résidence des Fergus.

J'étais rentrée à la maison, mais je pré-voyais déjà repartir. Excitée, je me suis demandé à quelle heure la limousine allait venir me chercher. J'étais impatience de discuter avec Cressida.

Mais lorsque Chase et moi sommes entrés dans la maison, le professeur Fergus nous a accueillis à la porte, un colis enveloppé de papier kraft à la main et une nouvelle étonnante à nous annoncer.

— Regardez ce qui vient d'arriver, a-t-il dit en remuant délicatement le colis de la taille d'un bouquin. C'est de la part de Reena, alias cousine Tansy.

— Quoi ! nous sommes-nous exclamés de concert.

Le professeur a hoché la tête.

— Je ne l'ai pas encore ouvert. J'ai pensé attendre que nous soyons tous présents. Mais Eric est chez une amie ; et Varina est à la biblio-thèque, où elle fait des recherches en vue d'un travail scolaire.

Abasourdie, je n'arrivais pas à détacher les yeux du colis.

— Qu'est-ce que cela peut bien être ? ai-je marmonné. Pourquoi Reena/Tansy nous enverrait-elle un truc ?

— Nous le saurons bientôt, a fait remarquer le professeur d'une voix patiente en lissant sa chevelure poivre et sel. Ce ne sont pas quelques heures de plus qui nous feront mourir.

— Mais je ne peux pas attendre. Je dois…

Je me suis tue, sachant qu'il n'approuverait pas que j'aille retrouver Cressida, surtout s'il devinait mon intention de lui révéler l'expérience de clonage. Il était préférable que je me taise pour le moment et que je fasse en sorte d'être rentrée pour notre rencontre.

J'ai entendu la porte claquer, et Eric et Starr sont entrés dans le hall. Ils se tenaient la main, ne se quittaient pas des yeux et avaient l'air d'un petit couple parfait, avec leurs chemises et leurs jeans bleus identiques.

Le professeur Fergus a rapidement informé Eric que nous nous réunirions dès l'arrivée de Varina.

— Tu dois rester? a dit Starr en faisant la moue de ses lèvres fardées de mauve. Mais nous étions censés aller au cinéma.

— Nous irons demain soir, a dit Eric.

— D'accord, a répondu Starr qui semblait néanmoins déçue. J'avais si hâte de passer une soirée entière avec toi.

— Navré.

Il semblait désemparé, comme s'il n'avait pas la moindre idée de la manière d'apaiser Starr.

J'ai tourné les talons et me suis dirigée vers ma chambre, laissant les deux tourtereaux se rabibocher. Le colis de Reena piquait ma curiosité, mais j'étais impatiente de retrouver Cressida. Toutefois, m'éclipser en douce n'allait pas être de la tarte. J'allais guetter l'arrivée de la limousine par la fenêtre, puis me glisser discrètement à l'extérieur et, avec de la chance, je serais rentrée avant qu'on remarque mon absence.

Je détestais l'idée de décevoir le professeur Fergus, mais il me fallait découvrir ce que Cressida avait à me dire.

Un truc à propos de mon avenir.

Peu après, j'ai vu la limousine de Cressida s'engager dans notre rue. Je me suis rapidement faufilée à l'extérieur de ma chambre. Des sons assourdis sortaient du salon et un coup d'œil m'a indiqué qu'Eric et Chase regardaient la télé. La porte du bureau du professeur Fergus était close, ce qui signifiait qu'il y travaillait sans doute. Donc, la voie était libre et j'allais pouvoir m'éclipser sans avoir à fournir d'explications.

Leo, le chauffeur, m'a poliment tenu la portière, et j'ai filé dans la limousine.

— Je vous remercie d'être venu me chercher, lui ai-je dit.

— Ordre de Mlle Ray. Elle est impatiente de vous voir.

— Moi de même. Nous avons tant de choses à nous dire.

— Je n'en doute pas. J'espère que vous allez aimer la promenade.

Il a brièvement incliné la tête en refermant courtoisement la portière.

La glace de séparation était relevée, la conversation s'est donc arrêtée là. J'aurais aimé lui poser des questions de nature personnelle sur Cressida. Il devait bien la connaître, ai-je songé, puisqu'il est à son service depuis plus de vingt ans. Il aurait pu me dire de quoi elle avait l'air jeune fille, pourquoi elle et Jackson avaient divorcé, dans quelle mesure elle avait le cœur malade, et si Dolores disait la vérité au sujet des ovules surgelés.

Ces questions et d'autres encore se bousculaient dans ma tête, je me suis laissée aller contre le dossier et j'ai fermé les yeux jusqu'à l'hôtel.

— Par ici, mademoiselle, a dit le chauffeur en me précédant dans le hall jusqu'aux ascenseurs.

Il se déplaçait avec vivacité, quoique avec rigidité, et je devais presque courir pour rester à sa hauteur.

Nous sommes montés dans l'ascenseur et le chauffeur a enfoncé le bouton P, pour penthouse.

Lorsque la porte de l'ascenseur s'est ouverte dans un souffle, Cressida m'attendait. Elle a souri, m'a tendu les bras et m'a serrée contre elle. Ses cheveux sentaient la fraise, et sa peau était douce. J'ai senti qu'un lien profond nous unissait, j'aurais voulu ne jamais me détacher d'elle.

— Entre, viens t'asseoir, m'a-t-elle dit. Leo va faire le guet dans le hall et nous passer un coup de fil lorsque Jackson et Dolores rentreront de dîner.

— Sarah Ann n'est pas avec eux?

— Non. Elle est dans sa chambre et elle regarde la télé. Mais c'est un ange et elle ne me dérange jamais.

Cressida a pris place à une petite table, dans un fauteuil de velours orange, et je me suis assise en face d'elle, j'ai enlevé ma casquette et repoussé mes cheveux derrière mes oreilles.

— Je suis ravie d'être ici, lui ai-je dit

— Je le suis également. Tu veux quelque chose à boire ou à manger?

— Pas maintenant. Nous devrions peut-être d'abord discuter.

J'ai serré les mains, ne sachant trop comment aborder la question des ovules surgelés et des clones.

— D'accord.

Ses yeux sombres lançaient des étincelles.

— Je meurs d'envie de te faire part de mon idée.

— Laquelle ?

, Allison, ma chérie…

Elle s'est penchée et a enveloppé ma main entre les siennes.

— Je veux que tu demeures avec moi. En permanence.

CHAPITRE 32

— Hein? ai-je fait en lui lançant un regard perplexe.

— Crois-tu au destin?

— Euh, oui. Je crois qu'un tas de trucs bizarres sont possibles. Mais quel est le lien?

— Notre ressemblance n'est pas une coïncidence.

J'ai opiné.

— Ouais. Elle s'explique.

— Le destin. Nous étions destinées à être ensemble.

Elle m'a pressé la main.

— Sois ma protégée. Viens avec moi, à titre d'assistante personnelle et d'amie. Je vais engager un précepteur. Je vais t'enseigner à être mannequin et nous travaillerons ensemble. Ce sera très amusant.

— Mais Dolores et Jackson ne voudront pas.

— Ils s'y feront. Sinon, tant pis pour eux. Alors, tu acceptes ?

Sa détermination m'a impressionnée. Et, en baissant les yeux sur nos mains jointes, j'ai été envahie par une telle nostalgie que j'en ai presque perdu le souffle. J'aimais mes parents, mais nous n'avions pas grand-chose en commun. Ils ne me comprenaient pas, m'avaient laissée partir alors que j'espérais qu'ils me supplieraient de rester. Mais Cressida était plus qu'une mère, et elle ne voulait pas que je parte.

Elle souhaitait ma présence.

Pourtant, je ne savais pas quoi répondre. Être mannequin, c'était bien, mais cela ne me plaisait pas. Par contre, mes cousins clones, *eux*, me plaisaient, et j'aimais vivre en leur compagnie. Sandee se joindrait peut-être à nous un jour, et notre famille serait alors complète. Mais ce ne serait pas le cas si je partais.

J'ignorais ce que je souhaitais.

— Allison, je sais que tout ceci doit te sembler précipité.

Cressida a avalé une gorgée d'eau pétillante en bouteille.

— Mais j'ai toujours été impulsive.

— Je le suis aussi, ai-je souri.

Nous étions *si* semblables que j'en aurais été effrayée si je n'avais pas su pourquoi.

— Lorsque je prends une décision, je la mets tout de suite à exécution, a poursuivi Cressida.

— C'est aussi ce que je fais d'ordinaire, mais je ne peux pas prendre une telle décision aussi rapidement. C'est trop important...

Ma voix a faibli sous l'effet de mon conflit intérieur.

— Je sais que tu n'es pas très liée à ta famille, a-t-elle fait remarquer. Et je compatis. Mais tu pourras adopter ma famille, qui est grande. J'ai des frères et des sœurs formidables, un père merveilleux, et ma mère est une femme un peu vieux jeu qui aime cuisiner et coudre. Tu vas l'adorer.

Sa mère était en fait ma mère, ou ma grand-mère. Ce serait formidable de faire sa connaissance, de faire instantanément partie d'une famille.

— J'aimerais bien accepter, mais c'est compliqué. Je vis avec des gens formidables que j'aime énormément. De plus...

J'ai inspiré profondément et lancé :

— Nous devons discuter d'un truc. J'aimerais savoir si vous êtes au courant de mon passé.

— En quoi ton passé est-il en jeu ?

— Il ne s'agit pas uniquement de mon passé. C'est aussi le vôtre.

J'ai rassemblé mon courage. Bon, nous y étions. Le moment était venu de parler de clones et de tentatives d'assassinat.

Mais comme je ne savais par où commencer, j'ai lâché :

— Est-il vrai qu'on a volé vos ovules congelés à la clinique de fertilité ?

Elle a écarquillé ses yeux sombres.

— Où as-tu entendu cela ?

— C'est ce que Dolores a dit.

— Elle t'a dit *cela* ?

— Pas à moi. Je l'ai entendue discuter au téléphone avec Dominique Eszlinger.

— Dolores a parlé de *moi* à la schlingueuse ?

Les mains tremblantes, elle a failli renverser son verre.

— Oui. Elle lui a chèrement vendu l'information. Est-ce vrai ?

— Oui, mais c'était il y a longtemps. Je n'arrive pas à croire que Dolores ait révélé quelque chose d'aussi douloureux pour moi.

— Eh bien, elle l'a fait. Elle a également…

J'ai inhalé une bonne bouffée d'air pour me faire du courage.

— Elle a dit que j'étais peut-être votre fille.

Cressida a hoqueté et s'est agrippée à la table.

— Ça va ? Je… je suis navrée. Je n'avais pas l'intention de vous bouleverser.

— Ma fille ? a-t-elle dit dans un murmure, en me considérant d'un regard sombre et hébété. C'est impossible. Je savais que les ovules avaient été dérobés, mais je croyais qu'ils avaient été détruits.

— Au moins un a survécu, mais pas de la façon que vous imaginez. Je veux dire par là que je ne suis pas votre fille, je suis beaucoup plus que cela, ai-je dit d'une voix ferme. Un lien unique nous unit.

Soudain, comme je marquais une pause afin de trouver les mots justes, on a frappé à la porte.

— Mlle Ray, ouvrez. C'est Leo.

— Pas maintenant, a-t-elle crié.

— C'est important.

— Oh, d'accord, maugréa-t-elle.

Puis, elle ajouta à mon intention :

— Nous allons poursuivre cette conversation dans un moment.

Puis, elle est allée ouvrir la porte.

— Oui, Leo. De quoi s'agit-il ?

— Dolores est rentrée.

— Je m'en fiche, a-t-elle fait en secouant impatiemment la tête. Dites-lui de ne pas venir m'importuner. Dites que je dors ou que je suis sous la douche. N'importe quoi.

— Mais elle n'est pas seule, a-t-il rétorqué en lançant un regard soucieux à sa patronne. Bob Nelson est avec elle.

— Mon médecin? Le docteur Nelson aurait délaissé ses patients et fait le trajet depuis Los Angeles? De quel droit Dolores a-t-elle communiqué avec lui à mon insu? D'abord la schlingueuse, puis ceci. C'est trop.

— Elle sera bientôt ici, a-t-il annoncé. Mlle Beaumont doit partir, sinon ce sera bizarre. Je vais la reconduire chez elle.

— Mais notre discussion n'est pas terminée, a gémi Cressida.

— Je vais me réfugier dans la chambre, ai-je proposé.

— Beaucoup trop évident, a fait Cressida, qui a réfléchi un moment, le doigt sur le menton. J'ai une meilleure idée. Va retrouver Sarah Ann dans sa chambre. Dis-lui que c'est moi qui t'y envoie.

— Je vais l'accompagner, a offert Leo.

— S'il vous plaît, faites. Et je vais téléphoner lorsque la voie sera libre.

— Je n'aime toujours pas l'idée de fuir, mais je vais tout de même partir, ai-je dit avec réticence.

Je suis sortie de la chambre sur les talons du chauffeur et l'ai suivi jusqu'à l'ascenseur. Ses épaules étaient tendues et il serrait les poings sans doute, ai-je songé, parce qu'il s'inquiétait de l'état de santé de Cressida.

Il a tendu la main vers le panneau d'appel et a enfoncé le bouton marqué d'un G.

— Je croyais que la chambre de Sarah Ann se trouvait quelques étages au-dessous. Pourquoi allons-nous au garage ?

— Sarah Ann a laissé un truc dans la limousine. J'ai oublié de le prendre tout à l'heure. Cela ne prendra que quelques minutes.

— D'accord, ai-je fait en me demandant si ce colis avait un lien avec le nouvel agent de Sarah Ann.

L'ascenseur est descendu rapidement dans un chuintement et s'est immobilisé au niveau du garage. L'endroit, situé au sous-sol, était froid, humide et étrangement calme, exception faite de quelques voitures circulant au pas. Dans un coin retiré, j'ai repéré la limousine. Elle était garée près d'une sortie.

— Je vais vous attendre ici, ai-je dit à Leo.

— Non. Je ne crois pas.

Il m'a jeté un regard froid, puis a retiré la main de sa poche. Ses doigts étaient fermement enroulés autour d'un petit objet noir.

— QUOI ? ai-je hoqueté.

— Vous venez avec moi.

Il a braqué le flingue sur moi et m'a ordonné d'une voix glaciale :

— Maintenant.

CHAPITRE 33

— Que se passe-t-il? ai-je fait d'une voix étranglée, incapable de croire que tout ceci était réel. C'est une mauvaise plaisanterie?

— Je ne plaisante pas. Tais-toi.

Il m'a durement enfoncé l'arme mortelle entre les omoplates.

— Tais-toi, sinon tu meurs.

— Pourquoi moi?

— Je t'ai ordonné de te taire.

Le flingue s'est méchamment enfoncé.

— C'est ta faute. Je t'avais prévenue.

— En déposant une lettre de menace dans mon casier? ai-je avancé.

J'ai regardé autour de moi, en quête de quelqu'un pouvant se porter à mon secours. Des voitures circulaient un peu plus loin, mais personne n'a ralenti ni prêté attention à un homme en compagnie d'une adolescente qui aurait pu être sa petite-fille chérie.

— Avance, m'a-t-il ordonné, me poussant en avant. Dirige-toi vers la limousine.

— Pourquoi? ai-je demandé. Afin que vous puissiez me tuer là-bas?

— L'endroit importe peu. Avance.

Il m'a agrippé l'épaule de sa main libre, y enfonçant les doigts. Durement.

Et j'ai avancé.

Chaque pas m'était une vraie torture, me rapprochait d'une mort certaine. Mes yeux se sont voilés de larmes et j'ai lutté contre la panique. J'aurais voulu fuir, hurler, me battre, mais j'arrivais à peine à bouger — j'étais hébétée de peur. Même une force aussi incroyable que la mienne ne pouvait rien, j'en étais consciente, contre un projectile. Il me fallait gagner du temps, attendre une occasion de fuir.

C'était ma seule chance.

Nous n'étions plus qu'à une douzaine de voitures de la limousine.

« Réfléchis, Allison, me suis-je intimé. Agis. Temporise. Oblige-le à parler. »

— C'était vous, le type sur le chantier de construction avec la casquette orangée qui a laissé tomber les bardeaux? ai-je demandé en vitesse.

— La première mise en garde.

— Et c'était vous aussi, la fosse ? Sinon, qui était-ce ?

— J'ignore comment tu as réussi à sortir de là, a-t-il grommelé. J'ai eu un mal fou à déplacer cette foutue dalle de béton.

— Et c'est vous qui m'avez tiré dessus dans le parc ?

— Là, tu as eu de la chance.

Il s'est renfrogné.

— Je rate rarement la cible.

J'ai frissonné et jeté un coup d'œil désespéré autour, en quête d'une issue, mais en vain.

Nous n'étions plus désormais qu'à quatre voitures de la limousine, et je savais que lorsque nous l'atteindrions, ma vie allait s'achever. Mais oserait-il presser la détente dans un endroit aussi confiné ? On allait l'entendre.

Il est passé devant la limousine sans s'arrêter. Il m'a plutôt poussée vers la sortie.

— Où… où allons-nous ?

— Ouvre la porte, a-t-il ordonné, en enfonçant brutalement son arme dans mon dos.

Les mains tremblantes, j'ai saisi le bouton. Je l'ai tourné, et j'ai tiré. La porte était lourde, mais je l'ai ouverte sans effort.

Nous nous sommes retrouvés dans un couloir étroit, un quelconque passage désert où seul l'écho de mes pas résonnait. J'ai dégluti. Venais-je d'entrer dans mon cercueil?

Leo m'a fait pivoter, m'a attrapé le bras et a braqué son arme sur ma poitrine. Il allait *bel et bien* me tuer. Je le voyais sur son visage. Il me regardait comme si je n'étais pas un être humain, mais un insecte à éliminer. Mon existence n'avait aucune valeur à ses yeux, elle l'embarrassait, c'est tout.

— Ne faites pas ça, l'ai-je supplié dans un murmure tremblant. S'il vous plaît, vous ne le voulez pas vraiment.

— Je ne le souhaite pas, mais je le dois. Dans l'armée, on m'a confié plusieurs tâches déplaisantes, et je les ai toutes accomplies sans hésitation. Bien sûr, lorsque je me suis retiré, j'ai cru que je ne tuerais plus — jusqu'à ce que tu apparaisses, a-t-il craché. Tu as failli tout gâcher.

— Je... je n'en avais pas l'intention.

Je n'arrivais à détacher mon regard de l'arme noire braquée sur ma poitrine. Si petite, et sans doute le dernier objet que je verrais.

Une idée bizarre m'a soudain frappée, et je me suis écriée :

— Pourquoi visez-vous mon cœur? C'est insensé. Vous allez le détruire.

— Que racontes-tu?

— Mon cœur. N'est-ce pas la raison pour laquelle vous voulez ma mort ? ai-je fait avec un sanglot. Pour l'offrir à Cressida ?

— Tu es cinglée.

Il a sourcillé, son expression glaciale cédant la place à la perplexité.

— Inutile d'inventer des sornettes.

— Je n'invente rien. Je... je croyais que c'était la raison pour laquelle vous vouliez me tuer, parce que je suis le clone de Cressida.

— *C'est* la raison. Pour t'empêcher de le lui dire. Lorsque j'ai vendu ses ovules congelés au docteur Victor, il m'a raconté une histoire abracadabrante de clonage humain. Mais je n'ai pas cru un instant à ces balivernes dignes d'un roman de science-fiction. J'ai pensé que ça ne marcherait pas.

Le froncement de ses sourcils s'est accentué.

— Puis, tu as envoyé cette lettre, et j'ai vu ta photo. J'ai compris que ce docteur parlait sérieusement. Et j'ai dû me résoudre à faire en sorte que Mlle Ray ne l'apprenne jamais.

— Pourquoi ?

— Parce je l'avais trahie. Ça ne m'avait pas plu, mais j'avais des dettes de jeu et le docteur Victor payait grassement.

— Vous l'avez fait ? Je n'en avais pas la moindre idée. Mais pourquoi... pourquoi me tuer ?

— Si Mlle Ray découvrait que je l'ai trahie, elle me détesterait. Et je préférerais mourir. C'est un ange, l'unique bonheur que j'aie jamais connu. Et je ne laisserai personne la détourner de moi.

— C'est la raison pour laquelle vous avez tenté de me tuer ? Pour me faire taire et non pas pour prendre mon cœur ?

J'ai cillé d'étonnement.

— Mais Dolores affirme que Cressida a besoin d'une greffe cardiaque.

— Tu mens. Elle n'est pas malade, elle est surmenée. S'il lui fallait une greffe, elle me l'aurait dit.

— Elle ne voulait peut-être pas vous alarmer.

« Continue de le faire parler, ai-je songé, désespérée. »

Je sentais ma force croître, prête à éclater. Si seulement il posait son flingue.

— Je suis le clone de Cressida, donc nous sommes identiques. Et pour ma part, je ne confierais pas à mes amis des trucs qui risqueraient de les alarmer. Cressida ménagerait également ses amis.

— Elle a réellement besoin d'une greffe ? a-t-il demandé d'une voix rauque. Elle se meurt ?

Il m'a regardé, anéanti, le teint livide et la main tremblante. Une chance s'offrait à moi et le l'ai saisie sans hésitation.

Faisant appel à toute ma force, je me suis jetée en avant. J'ai saisi le poignet de la main tenant l'arme. Puis, je l'ai serré fortement, comme dans un étau d'acier. Il a hurlé de douleur. Et l'arme est tombée avec fracas sur le sol.

Saisissant son autre bras, je l'ai envoyé valdinguer dans les airs. Il a exécuté un vol plané et est allé s'écraser sur le sol, quelques mètres plus loin. Ma terreur s'est muée en un soulagement tremblant. Il n'était plus en état de me faire du mal.

La porte derrière nous s'est brusquement ouverte, laissant entrer un courant d'air froid. J'ai toussé, comme si la réalité me secouait. Et j'ai entendu un horrible cri étranglé.

J'ai tourné la tête pour regarder derrière moi et j'ai aperçu Cressida, debout, une expression hébétée sur la figure.

— Allison ! s'est-elle écriée d'une voix aiguë. Qu'as-tu fait à Leo ?

CHAPITRE 34

J'ai regardé Cressida, puis Leo. Il était recroque-villé contre le mur, tenant son bras qui formait un angle bizarre laissant supposer qu'il était brisé. Le nez en sang, il sanglotait.

— Je suis désolé, si désolé. Désolé.

Cressida avait le regard fixe et le teint terreux.

— Cressida, ai-je sangloté. Dieu merci, vous êtes là.

— Tu… tu as laissé ceci dans la chambre.

D'une main tremblante, elle m'a tendu ma casquette jaune.

— Je me suis rendue à la chambre de Sarah Ann pour te la rendre, mais tu n'y étais pas. Ni dans la chambre de Leo. Je suis donc descendue ici…

Sa voix s'est brisée.

— Je n'arrive pas à y croire.

— Moi non plus.

Sous l'effet de l'adrénaline et de la terreur, mon cœur battait à tout rompre. Mais à mesure que la terreur refluait et que mon cœur se calmait, je ne voyais plus qu'un vieil homme pitoyable.

— Il a tenté de me tuer.

— Je sais.

Cressida nous a considérés tous les deux d'un regard affligé.

— Je… j'ai entendu.

— Vous savez donc que je suis votre clone ?

Elle a opiné, mais sans dire un mot.

Je suis restée plantée là, attendant qu'elle m'enlace et m'affirme que tout irait bien. On avait failli me tuer, et j'en tremblais encore. Elle savait sans aucun doute comment je me sentais, car nous étions pareilles.

Mais elle est passée devant moi sans me jeter un regard. Les joues ruisselantes de larmes, elle s'est agenouillée à côté de Leo. Elle l'a entouré de ses bras et l'a bercé en lui répétant que tout irait bien.

— Peu importe ce que vous avez fait, lui a-t-elle murmuré, je vais demeurer à vos côtés, tout comme vous êtes toujours demeuré aux miens.

— Pas toujours. Je… j'ai menti. Dolores n'a pas téléphoné au docteur Nelson, a-t-il pleurniché. Et j'ai également menti à d'autres sujets.

— Peu importe.

— Je… j'étais désespéré. Elle allait tout vous révéler.

— Ce n'est pas important, a-t-elle déclaré en caressant ses cheveux gris. Vous êtes un ami très cher, et je vous aime.

— Je… je ne le mérite pas.

Avec un cri étranglé, il l'a repoussée et a bondi sur ses pieds. Il gémissait et soutenait son bras fracturé, la mine hagarde. Avant que je saisisse son intention, il est passé devant moi à vive allure et s'est enfui par la porte.

Cressida était déjà debout et s'élançait à sa suite en l'appelant et en le suppliant de revenir. Elle ne m'a même pas regardée. C'est pour son vieil ami qu'elle se faisait du souci, pas pour son double génétique.

Je n'avais aucune importance à ses yeux.

Et je n'en aurais jamais.

CHAPITRE 35

Ensuite, cela a été le cauchemar.

Leo s'est enfui au volant de la limousine, dans une odeur de caoutchouc brûlé et un crissement de pneus, tandis que Cressida le suppliait de revenir.

Lorsque je me suis approchée de Cressida dans l'intention de la réconforter et de lui affirmer que tout irait pour le mieux, elle m'a brutalement repoussée avec un regard froid.

— Je suis incapable de m'occuper de toi en ce moment, s'est-elle contentée de dire.

À la suite de quoi, elle s'est précipitée vers les ascenseurs.

Je suis restée plantée là, ne sachant que faire. Appeler la police ? M'élancer à la suite de Cressida ? Rentrer chez moi ?

Je savais qu'il fallait signaler une tentative d'assassinat, mais ce serait ma parole contre celle de Leo. Ou, pire encore, ma parole contre celles de Leo et de Cressida. Elle avait clairement montré vers qui se portait sa loyauté.

J'ai donc trouvé un téléphone et appelé le professeur Fergus.

Peu après, j'étais de retour chez moi, totalement épuisée et émotionnellement lessivée. J'ai songé que, moi aussi, j'avais commis l'erreur de garder le secret pour protéger des gens. C'était une erreur que je ne répéterais pas.

Varina était rentrée à la maison, j'ai donc pu raconter à mes trois cousins clones et au professeur Fergus comment j'avais failli être tuée par le chauffeur de Cressida. À la fin de mon récit, je me suis tendue, appréhendant que mon inconscience provoque leur colère. Mais ils se sont plutôt empressés de m'exprimer leur affection et leur inquiétude. J'avais beau m'être comportée comme une imbécile, ils se montraient solidaires. Comme une famille.

— Heureusement, c'est fini, a fait Varina en m'étreignant bien fort avec affection. Je suis si heureuse que tu sois toujours en vie.

— Moi aussi. Mais j'en ai douté pendant un moment. Il voulait vraiment me tuer. Et il a failli réussir.

— Il faut s'occuper de cet enfoiré, a dit Chase avec colère. On ne peut quand même pas lui permettre de s'en tirer comme ça.

— Je sais, ai-je reconnu. Mais ce serait ma parole contre la sienne.

— Le seul fait d'y penser me terrifie. Tu es une sœur pour moi, et je mourrais s'il t'arrivait quelque chose.

Varina m'a de nouveau serrée contre elle, et je me suis agrippée à elle. Il m'est venu à l'esprit que Varina, qui n'avait pas le même ADN que moi, venait de prononcer les mots que j'attendais de Cressida.

J'ai alors déclaré que je ne souhaitais plus en parler pour le moment.

— Avez-vous ouvert le colis de Tansy ? ai-je demandé.

— Non, a répondu le professeur Fergus. Nous t'attendions.

— Je suis là.

Nous sommes descendus au salon. Le professeur Fergus s'est calé dans le fauteuil inclinable capitonné, une main posée sur sa canne. Je me suis assise près d'Eric sur le canapé. Et lorsque Varina est allée se poser tout près de Chase sur la causeuse, il lui a pris la main. Ils ont échangé un sourire entendu et chargé d'électricité. Se pouvait-il que Chase cesse de faire l'imbécile et qu'il la remarque enfin ?

Le professeur Fergus a déballé le colis avec des gestes lents, et les bandes de papier ont glissé sur la moquette sans faire de bruit, comme des ombres. Pendant ce temps, nous observions et attendions, haletants de curiosité.

Le colis renfermait un coffret de bois rectangulaire des plus ordinaires.

Il était accompagné d'une courte lettre disant :

M. Fergus,

Ma cousine m'a demandé de vous remettre ce présent d'adieu. J'ai veillé sur elle en secret pendant des années, m'efforçant de soulager ses souffrances tant physiques qu'émotionnelles. Elle se reprochait d'avoir mené des expériences sur des nouveaux-nés et elle redoutait par ailleurs que le docteur Victor lui dérobe la formule et l'utilise à mauvais escient. Elle est partie refaire sa vie. Veuillez ne pas tenter de la retrouver ni communiquer de nouveau avec moi. Tansy.

Le professeur a poussé un profond soupir en murmurant « Jessica ».

Il a ensuite examiné la boîte à bijoux d'acajou poli. Sur le couvercle était ciselée une ravissante et évanescente silhouette féminine. Son nom, Pandora, était gravé sur son jupon fluide.

— C'est magnifique ! me suis-je écriée. Que renferme-t-il ?

— Je l'ignore.

Il a soulevé le couvercle bombé, et j'ai jeté un coup d'œil à l'intérieur.

— Il n'y a rien ! me suis-je exclamée.

Varina a sourcillé et demandé :

— Mais pourquoi nous enverrait-elle une boîte vide ?

— Je n'en ai pas la moindre idée, a tristement répondu son oncle.

— Peut-être est-elle partie vivre dans une ville nommée Pandora, a dit Chase.

— Ou avec une amie nommée Pandora, a ajouté Eric.

— La boîte est peut-être un indice en soi, a fait remarquer Chase.

— Ouais. Un indice que je vais examiner sur-le-champ, a dit Eric, la mine songeuse.

Il a retiré ses lunettes et regardé le coffret sculpté. Ses yeux noirs se sont faits hypnotiques.

— Oui ! a-t-il lancé soudain en récupérant ses lunettes et en les chaussant. Il y a un truc. À l'intérieur.

— Mais elle est vide, a rétorqué le professeur.

— En apparence, a fait Eric en traversant la pièce. Oncle Jim, je peux avoir la boîte ?

— Bien entendu, a-t-il répondu en la lui tendant.

À mon grand étonnement, Eric s'est tourné vers moi et m'a remis le coffret.

— Prends-la, Allison.

Il m'a ensuite chuchoté à l'oreille ce qu'il voulait que je fasse.

Saisissant fermement la jolie boîte gravée par le fond, j'ai serré les doigts. J'ai serré fort, plus fort et encore plus fort — jusqu'à ce qu'il se rompe dans un bruit sec.

— Tu l'as brisé ! m'a reproché Varina. Allison, ne pourrais-tu pas maîtriser ta force ?

Je me suis contentée de sourire, puis j'ai fouillé les copeaux de bois jusqu'à ce que je trouve le mince objet rectangulaire dissimulé à l'intérieur même de la boîte. Il était recouvert d'aluminium et je l'ai lentement déballé. À la suite de quoi, avec sourire, j'ai brandi une cassette audio.

— Un compartiment secret. Bravo, Allison ! a exulté le professeur Fergus. Tu as réussi !

— Pas moi. Eric. Il a découvert la cassette grâce à sa super vision. Je me suis contentée de la sortir de là, ai-je dit.

Le professeur Fergus a quitté la pièce pour aller chercher un lecteur de cassettes et il est revenu peu après. Mon cœur a bondi lorsque, la cassette commençant à se dérouler, j'ai entendu la voix douce d'une femme.

— C'est elle ! s'est écriée Varina, les larmes aux yeux. La Jessica de mes rêves.

Ma gorge s'est serrée, plus encore en voyant les larmes ruisseler sur les joues de Varina. Je comprenais ses sentiments. D'une certaine façon, nous avions toutes les deux retrouvé nos mères génétiques pour les perdre aussitôt.

Eric lui a lancé un regard dubitatif sans, toutefois, dire un mot.

La pièce était silencieuse, si ce n'était de la voix de Jessica.

— Allô, Jim, ont été ses premières paroles. Tu es un homme très spécial, et si je n'avais pas été mariée à mes recherches, j'aurais peut-être accepté de t'épouser et serais devenue la femme que tu méritais. Mais au lieu d'aider les gens grâce à la science, j'ai fait du tort à ceux qui m'étaient les plus chers.

Il y a eu une pause et le bruit d'un léger sanglot, puis elle a repris :

— Dis aux enfants que je suis désolée de m'être enfuie lorsqu'ils sont venus à la boutique de Tansy. Mais j'ai paniqué — j'étais incapable de leur faire face... particulièrement à Varina. Il est plus sûr que je demeure loin de vous. Ne tentez pas de me retrouver. Je te confie des renseignements que toi seul es digne de détenir ; c'est à la fois un présent d'adieu et une malédiction.

Elle s'est ensuite mise à réciter une suite de termes médicaux et de directives complexes. Le professeur Fergus a suffoqué et s'est empressé d'interrompre le défilement de la bande.

— Je rêve ou c'est bien ce que je crois ? a fait Varina en jetant un coup d'œil stupéfait à son oncle.

— Tu ne rêves pas.

Il s'est caressé la barbe en sourcillant.

— C'est la formule Enhance-X25.

Après un dîner impromptu fait de sand-wichs à la dinde et de potage aux palourdes, je suis allée retrouver Eric au salon où nous avons regardé des comédies à la télé. C'était agréable de ne rien faire et de se détendre comme deux ados normaux un vendredi soir.

Mais, au beau milieu d'une pub, une man-chette mentionnant un nom familier a attiré mon attention.

« … Cressida Ray, mannequin bien connu. »

— Quoi, Cressida ? me suis-je écriée. Tu as entendu, Eric ? Un truc est arrivé à Cressida !

— Calme-toi et écoute, a fait Eric en m'entourant de son bras pour m'apaiser. Les manchettes sont toujours dramatiques. Je suis convaincu que ce n'est pas grave.

Mais il se trompait.

Je me suis rapprochée du téléviseur.

« Au journal télévisé de vingt-trois heures », a poursuivi le présentateur dans la vingtaine, « nous reviendrons plus longuement sur cet accident tragique qui a tout d'un suicide. Plus tôt aujourd'hui, une limousine appartenant à Mlle Ray s'est écrasée au bas d'une colline. L'unique occupant est mort instantanément ; il s'agissait de Leonard Addison, le chauffeur de longue date de Mlle Ray. »

CHAPITRE 36

Une semaine plus tard, tandis que mes amis se trouvaient à la soirée dansante Sadie Hawkins, j'étais pour ma part assise au salon devant la télé. Mais je ne la regardais pas vraiment.

Incapable de me concentrer, je relisais pour la millionième fois la lettre posée sur mes genoux.

Elle était arrivée aujourd'hui.

De la part de Cressida.

«Allison», commençait-elle. Pas de «chère» ni de «chérie» ni d'autres termes affectueux. Juste mon prénom.

Ma vie est triste en ce moment, mais je te dois néanmoins une explication.

Je suis navrée que cela n'ait pas marché. Bien que nous ayons beaucoup de traits communs, nous sommes en réalité très différentes.

Je me porte mieux depuis que je travaille moins. Et mon médecin affirme que si je poursuis dans cette voie, mon cœur continuera de battre très longtemps.

Sarah Ann te salue et elle tient à te dire que sa carrière est en plein essor. Son agent est beaucoup plus malin que son père, Jackson, l'était, et je prédis qu'elle défilera à Paris d'ici un an. Je lui enseigne certains trucs et, en retour, elle m'aide au bureau.

Tu avais raison en affirmant que Dolores vendait des informations à Dominique. Elle le faisait depuis des années, inventant des mensonges pour que mon nom apparaisse régulièrement dans la presse et pour arrondir ses fins de mois. Évidemment, j'ai dû la congédier.

Bref, ma vie change et je suis obligée de changer avec elle. Mais je ne peux supporter que quelques changements à la fois. Et bien que je sois ravie que nous nous soyons rencontrées, je te prie de ne plus communiquer avec moi.

J'espère que tu aimeras la photo ci-jointe.

Bonne chance avec ton marteau et tes clous.

Cressida.

J'ai regardé la photo de format 20 × 25 nous montrant côte à côte, si semblables et néanmoins si dissemblables. Nous posions sur les balançoires de l'aire de jeu, et Cressida me souriait. Et je lui souriais aussi, la mine pensive.

J'ai soupiré. Cressida n'était pas à l'aise avec moi. Peut-être à cause de Leo, mais j'avais le sentiment qu'elle ne supportait l'idée d'avoir un clone.

Et je savais que je ne la reverrais jamais.

Mais c'était bien ainsi. J'étais entourée d'amis extraordinaires qui, bien que ne partageant pas mon ADN, étaient toujours présents quand j'avais besoin d'eux. De nos jours, la famille a plusieurs visages ; il me faudrait me forger la mienne au fil du temps. Quatre clones et un oncle constituaient une bonne base. Il se pouvait même que je commence à appeler le professeur « oncle Jim ».

Peut-être.

La porte d'entrée s'est brusquement ouverte, et j'ai promptement remis la lettre dans son enveloppe tandis qu'Eric, Starr, Varina et Chase se précipitaient à l'intérieur. Ils riaient. Eric avait passé son bras autour des épaules de Starr, et Varina était radieuse, sans doute parce que Chase lui tenait la main.

Visiblement, la soirée dansante avait été un succès.

— Tu aurais dû venir, m'a dit Varina qui s'est ensuite inclinée pour me parler à l'oreille. Chase m'a avoué que j'étais spéciale à ses yeux et il m'a embrassée. C'était formidable !

J'ai hoché la tête et levé le pouce.

Je me suis ensuite tournée vers Starr qui n'en finissait pas de s'extasier sur la soirée dansante.

— La décoration était superbe, l'orchestre absolument génial et les rafraîchissements délicieux.

— J'ai adoré ces petits biscuits parfumés à la fraise, a déclaré Eric.

— Ils étaient bons, mais le punch à la glace était encore meilleur.

Les tresses de Starr ont tressauté lorsqu'elle s'est laissé choir sur le canapé à côté d'Eric.

— Tu as raté une soirée formidable, Allison. Et ton admirateur était présent.

— Qui ? ai-je demandé avec curiosité en me penchant en avant.

— Qui, à ton avis ? s'est esclaffée Starr. Dustin, bien entendu. Ce type a peut-être une attitude discutable, mais ce qu'il danse bien.

— Je te le laisse, ai-je répondu, taquine.

— Non. Elle est à moi, a rétorqué Eric en étreignant Starr d'un geste possessif.

Starr lui a rendu son étreinte, puis elle s'est lancée dans une description détaillée des gens présents à la soirée, de leurs atours et, dans certains cas, de leur comportement déplorable. Elle nous a fait rire aux éclats.

Mais nous nous sommes tus sur-le-champ en entendant un bruit bizarre près de la porte d'entrée.

— Qu'est-ce que c'était ? a demandé Chase en portant la main à son oreille. On a frappé ?

— Sais pas, a fait Eric en haussant les épaules.

— Allons voir.

Je me suis levée et dirigée vers la porte, Chase et Varina à mes côtés, et Eric et Starr traînant derrière.

J'ai allongé le bras et ouvert la porte.

Une fille avec de courts cheveux noirs zébrés de mèches blondes et un étrange bracelet de cheville en argent gisait sur le seuil. Sa peau était couverte de bleus et d'estafilades sanglantes, comme si on l'avait passée à tabac avant de la jeter là comme un tas d'ordures.

— C'est *elle* ! s'est écrié Chase, le souffle coupé, en se jetant en avant et en s'agenouillant près de la fille.

Il a doucement repoussé sa frange et scruté son visage inconscient.

— Oh non ! s'est-il exclamé à voix basse. Sandee ! Qui t'a fait cela ?

Ne manquez pas

RÉGÉNÉRATION

L'IMPOSTEUR

L'AUTEURE

Linda Joy Singleton vit sur un domaine de trois acres situé près de Sacramento, en Californie, avec son mari, dont le soutien est indéfectible, et leurs deux formidables adolescents, Melissa et Andy. La famille possède une amusante ménagerie réunissant des chevaux, des cochons, des chats, des chiens et une chèvre. L'un des chiens qu'ils ont acquis récemment s'appelle Renegade.

Linda Joy Singleton est l'auteure de plus d'une vingtaine de romans pour adolescents et de plusieurs courts récits « d'épouvante ». On trouvera des liens vers ces récits et d'autres renseignements sur l'auteure sur son site Internet : http ://www.geocities.com/Athens/Acropolis/4815/

www.ada-inc.com
info@ada-inc.com

www.facebook.com/EditionsAdA

www.twitter.com/EditionsAdA